René B. Werner

Giulia

WIE SCHREIBT MAN LIEBE?

#liebelieberitalienisch

Telescope Verlag

W0217275

René B. Werner

GIULIA

Wie schreibt man Liebe?

Impressum

1. Auflage: September 2021
© Telescope Verlag
www.telescope-verlag.de
Covergestaltung: august-stark.de
Covermotiv: ardni | Fotolia
Fotos
Jörg Riethausen | riethausen.de (Joyello & René B. Werner, S.150)
Bellissimo Photographie | photostyle.de (Joyello, S.170)
Doreen Schmitt Fotografie | doreen-schmitt.de (René B. Werner, S.172)

ISBN: 978-3-95915-083-5
Preis: 12,90 Euro

-1-

Der Ritt in den Morgen

Giulia galoppierte, wie jeden Morgen, den Strand entlang. Sie liebte dieses Gefühl der Stille. Selbst der Wind schien um diese Zeit noch müde und strich bedächtig über das Wasser.

Kleine schneeweiße Wolken hauchten Zuckerwattefiguren an den Himmel und gaben diesem Bild eine würdige Umrahmung.

Die gleichmäßigen Galoppschritte gaben diesem Morgen seinen Pulsschlag und so kam sich Giulia vor, wie der Wecker von Apulien.

Sie verlangsamte ihren Ritt und kam so in einen sanften Trab. Kenzo genoss diese zeitigen Ausflüge sehr. Seit einem Jahr war Giulia stolze Besitzerin dieses schwarzen Prachtkerls. Zufrieden sah sie auf seinen muskulösen Nacken und fühlte sich wie eine Königin, hoch oben auf dem Thron. Hier schienen die Probleme winzig und der Blick aus dieser Perspektive ließ so manches Mal die Dinge klarer erkennen. Kleine Unwägbarkeiten lösten sich scheinbar in Luft auf und Giulia wollte dieses Gefühl nie mehr missen.

An ihrer geliebten Bucht brachte sie den Hengst zum Stehen. Sie rutschte seitlich hinunter und bedachte ihn mit ein paar liebevollen Klapsen. Kenzo nickte freundlich, fast so, als konnte er ihre Gedanken lesen. Er kannte dieses morgendliche Ritual. So wartete er geduldig, während Giulia sich die Klamotten vom Leibe zog und splitterfasernackt ins Meer rannte. Den Genuss zelebrierend, inhalierte sie dieses Gefühl der Freiheit.

Das kalte salzige Meerwasser umspielte ihren Körper. Kein Stoff störte das Zusammenspiel der Natur.

Sie tauchte unter. Für einen Moment war es ganz still. Giulia öffnete die Augen und hörte in das Nichts. Für Sekunden war sie schwerelos, ganz allein in schier endloser Weite. Sie liebte es zu träumen und einem solchen Augenblick bewusst eine Portion zu viel Melodramatik zu verleihen.

Als Giulia Sekunden später wieder auftauchte, spuckte sie theatralisch das Wasser aus ihrem Mund und atmete mit schnellen kräftigen Zügen, während sie zufrieden lächelte.

Nun waren ihre dunkelbraunen, langen Haare klitschnass. Von der Luft getrocknet werden sich nachher wieder wilde Locken fröhlich kringeln und widerspenstig das Wesen von Giulia symbolisieren. Ihre Mutter wird sie dafür später mit sorgenvoller Miene empfangen und mahnende Worte an sie richten. Ob sie sich den Tod holen wolle und wie man nur so unvernünftig sein konnte. Aber das waren schon vielmehr gewohnte Floskeln, als das irgendjemand ernsthaft daran glaubte, Giulia würde jemals etwas daran ändern.

Kenzo stand geduldig am Strand. Scheinbar teilnahmslos wartete er darauf, endlich den Weg nach Hause anzutreten, wo frisches Wasser und seine Freunde auf ihn warteten. Natürlich vernahm er jede Regung von Giulia und die war amüsiert von Kenzos gespielter Coolness.

Ihr Blick suchte kurz den Strand ab. Weit und breit keine Menschenseele und so huschte sie schnell wieder aus dem Wasser. Sie beugte sich kurz nach vorn, um mit geübtem Schwung ihre Haarpracht in den Nacken zu werfen. Salz bedeckte ihre Lippen und sie genoss den vertrauten und lieb gewonnenen Geschmack. Was für ein sagenhaft befreiendes Gefühl. Die Frische auf der Haut, die kühle Brise im Haar und neben ihr der warme Körper ihres Pferdes, das sie gleich mit Freude nach Hause reiten würde.

Sie zog sich flink wieder an, gab Kenzo einen Kuss auf die warme, samtig zarte Stirn und stieg mühelos hinauf auf seinen kraftvollen Rücken. Sie musste kaum Druck mit ihren Schenkeln ausüben, denn ihr treuer Begleiter wusste genau, wohin sie der Weg jetzt führen würde.

Beschwingt ging es für beide zurück nach Hause.

- 2 -

Vertraute neue Welt

Die Mutter fegte gerade die alten Dielen der Veranda, als ihre Tochter vom morgendlichen Ausritt zurückkehrte. Natürlich fielen ihr sofort die nassen und völlig zerzausten Haare auf. „Ach Kindchen, du holst dir nochmal den Tod!", ohne auf eine Reaktion der Tochter zu warten, fegte sie weiter das ergraute Holz zu ihren Füßen.

Die Sonne hatte um diese Jahreszeit schon eine enorme Kraft und feuerte auf die Waden, die aus ihrer Schürze lugten. Rosi war 49 Jahre alt. Sie machte sich nicht sehr viel aus dem ganzen Schönheitswahn und so waren ihre inzwischen ergrauten Haare und das Schürzchen um ihre Hüften ein Anblick, der sie gut und gerne zehn Jahre älter erscheinen ließ. Doch Rosi war glücklich so. Sie liebte das Leben und war froh, dass sie es ermöglichen konnte, Giulia hier aufwachsen zu lassen. An ihre Zeit in Erfurt konnte sie sich kaum noch erinnern.

Gleich nach der Wiedervereinigung von Ost- und Westdeutschland war sie von ihrem ersparten Geld nach Apulien geflogen. Sie hatte sich sofort in dieses Land verliebt.

Vielleicht war einige Zeit später auch ein gewisser Mann namens Sandrino schuld daran, dass sie fortan alles daran setzte, ihren Lebensmittelpunkt in die Idylle Apuliens zu verlagern.

Giulia war damals gerade drei Jahre alt geworden, als sie den Entschluss fasste, Deutschland endgültig den Rücken zu kehren. Sie empfand es für den perfekten Zeitpunkt, um einen solch elementaren Schritt zu wagen.

Ihr Kind sollte nicht in einer konsumorientierten Leistungsgesellschaft aufwachsen. Vielmehr das Leben kennenlernen, so nah wie möglich in seiner Ursprungsform. Nicht der Markenschuh sollte darüber entscheiden was für ein Mensch sie oder ihr gegenüber war, sondern das Wesen selbst. Und sie hoffte, ihr Kind würde nicht irgendwann mit bunten Haaren und einem Joint auf der Parkbank kauern, sondern lieber Grashalm kauend am Strand.

Ihren Sandrino hatte sie auf Elba kennengelernt. Er arbeitete dort als Koch. Rosi spielte damals mit der kleinen Giulia am Strand und formte winzige Sandfiguren.

Sandrino sah den beiden während einer seiner unzähligen Raucherpausen interessiert zu. Grinsend erinnern sich beide noch heute daran, dass ihn Rosi erst mitbekam, als er einen saftigen Rüffel von seinem Chef einfing.

Er muss wohl dort mehrere Zigarettenlängen lang gestanden haben, um der jungen, bildschönen Frau, mit der Miniaturausgabe ihrer selbst, beim Spielen im Sand zuzusehen. Bevor er wieder im Haus verschwand, hatten sie Gelegenheit, sich in die Augen zu schauen. Dieser kurze Blick genügte damals beiden, um fortan völlig aus der Bahn geworfen zu sein. Sandrino kochte im verträumten Herbeisehnen der nächsten Pause und Rosi formte besonders geduldig mit ihrer Tochter Figuren im Sand und ließ die kleine Tür des Strandlokals nicht mehr aus den Augen.

Irgendwann ging die klapprige Holztür, nach endlosen Minuten des Wartens, wieder auf. Und da stand er dann – ihr Sandrino und schaute aus dunklen, treuen Augen. Sie beide waren fortan der Beweis dafür, dass es sie gab – die Liebe auf den ersten Blick.

Sandrino war gebürtiger Sizilianer und schon bald war beiden klar, wo sie die Saat ihres jungen Glücks in die Erde bringen wollten. In der malerischen Kulisse des schönen Apuliens. Hier, wo die Uhren der Zeit noch anders tickten.

Das war nun über zwanzig Jahre her und Rosi hat keinen Augenblick an ihrer Entscheidung gezweifelt. Sandrino war der tollste Mann, den sie sich vorstellen konnte und er trug sie auch noch nach so langer Zeit auf Händen.

Und für Giulia war es einfach ein Geschenk. Sie wusste nichts von ihrem Glück, denn es fehlte ihr der Vergleich. Gleichwohl, wenn Rosi sie so sah, spürte sie, wie ihr die Tränen des Glücks in die Augen schossen.

Giulia war so frei und ohne falsche Ängste und Wertvorstellungen. Auch wenn sie ihren leiblichen Vater bisher nie kennenlernen durfte, so hatte sie in Sandrino einen stolzen Papa, der sie von Anbeginn wie sein eigen Fleisch und Blut vergötterte.

Sie war so wunderschön und dennoch weit davon entfernt arrogant zu sein, oder ihren schönen Körper als eine Art Waffe oder gar Kapital zu sehen.

Rosi sah ihr nach, wie sie kräftigen Schrittes im Haus verschwand. Kenzo stand auf der Wiese bei den anderen Pferden und suchte eifrig nach frischen Grashalmen, die bisher den Sonnenstrahlen entkommen waren. Giulia sah fast genauso aus wie sie damals.

Die Mischung aus dunkelbraunen, beinahe schon schwarzen Haaren und blauen Augen raubte den Männern reihenweise den Verstand. Die sich oftmals bildenden störrischen Locken trugen ihren kleinen Sturkopf nach außen. Dieser fast schon kindlich anmutende Stolz förderte den Beschützerinstinkt der Bewunderer und war der Tropfen, der das Fass des Begehrens zum Überlaufen brachte. Rosi bemerkte ihr stolzes Schmunzeln bei diesen Gedanken.

Ihre Tochter war ein Abbild ihrer selbst. Sie waren beide nicht von ihren Zielen abzubringen und gingen zuweilen mit dem Kopf durch die Wand, allerdings ohne im Inneren die Feinfühligkeit zu verlieren. Das Ziel fest im Blick, ließen sie dennoch ihr Gegenüber nie aus den Augen.

An Tagen wie diesem wusste Rosi, dass sie alles richtig gemacht hatte. Zufrieden stellte sie den Besen zur Seite und folgte ihrer Tochter ins Haus.

- 3 -

Giulia und die Männer

Wenn in Apulien ein Mädchen dieser Güte heranwächst, dann blieb das den Männern natürlich nicht verborgen. Giulia stach zwischen den vielen schönen Frauen in dieser Gegend noch hervor. Sie war wie der höchste Gipfel im Gebirge. Dort lockten viele imposante Erscheinungen und dennoch gab es für wahre Kerle nur ein Ziel. Doch der Weg zu Giulias Herzen war bisher unpassierbar gewesen ...

Giulia war fröhlich und zugänglich. Andererseits, wenn sie in Gefühlsdingen die Kontrolle zu verlieren drohte, dann hielt sie inne und kehrte um. Dann sah man sie lange Strecken mit dem Pferd reiten, als wollte sie der wachsenden Gefahr davoneilen, ihr Herz zu verschenken.

Die bergsteigende Männerwelt hatte es inzwischen wohl oder übel begriffen und so sah sie ihr ein wenig verzweifelt, bewundernd und zuweilen kopfschüttelnd hinterher. Es musste wohl erst ein Prinz auf einem Schimmel daher geritten kommen, um dem Wunschbild dieser jungen Frau zu entsprechen. Wann immer Rosi ihre Tochter darauf ansprach, lächelte diese nur sanft und erwiderte in stoischer Gelassenheit: „Mensch, Mama, alles zu seiner Zeit!"

Heute war wieder einer dieser Momente und Rosis Geduldsfaden drohte ein weiteres Mal zu zerreißen. „Sag mal Kind, was ist nur mit dir los? Siehst du nicht, wie dich Marcello bewundert. Er würde alles für dich tun und ist der hübscheste Kerl weit und breit. Warum trefft ihr euch denn nicht mal? Er hat es nun wirklich verdient. Worauf wartest du noch? Was gibt's an ihm schon wieder auszusetzen?"

Die Mutter rührte, in ihrer Gedankenwelt gefangen, lustlos in der lecker duftenden Nudelpfanne. Es roch einfach herrlich im ganzen Haus und wenn es nach Giulia ginge, so würde es jetzt schon Zeit für das Mittagessen sein. Sie saß am Tisch und überlegte, wie sie schnellstens dieser Situation entkommen konnte. Sie streichelte verlegen über die raue Holzoberfläche und musterte dabei ihre zarten Finger. Sie hasste diese Art von Gesprächen und würde am liebsten ganz schnell die Augen schließen und beim nächsten Öffnen der Lider irgendwo anders sein, allein, ohne bohrende Fragen der Mutter.

„Mensch Mama, warum macht ihr immer so einen

Stress? Steht irgendwo geschrieben, dass man mit spätestens Mitte Zwanzig verheiratet sein und mindestens drei Kinder haben sollte?" Auch heute würde das Gespräch ergebnislos bleiben. „Ich warte auf den Richtigen und der soll mein Herz in der Originalverpackung vorfinden. Rein und ohne Gebrauchsspuren. Ich habe keine Lust meinen zukünftigen Mann dafür zu bestrafen, was die Kerle vor ihm verbockt haben!"

Große Wimpern säumten ihre Lider und gaben ihnen eine anmutende Schwere. Zuweilen wurde somit ein Augenaufschlag zum Ereignis. Ihre langen Beine übereinander geschlagen, saß sie da, den Oberkörper angriffslustig nach vorne gebeugt. Giulia war längst kein Kind mehr. Die Mimik und Gestik, ihr nachdenklicher Blick und die gelebten, ihr so wichtigen, Werte, zeugten von ihrer Reife.

Giulia war groß gewachsen und sehr schlank.

Die Natur hatte es gut mit ihr gemeint und sie wohlwollend proportioniert. Fast konnte man meinen, es war schon ein bisschen viel des Guten und sie hatte daher nicht nur Freunde in der Schule gehabt. Die Frauenwelt schätzte sie mit verachtender Bewunderung und über die Männer ist nicht viel zu sagen. Die waren in hormonellem Überschwang stets überlastet und benahmen sich in ihrer Nähe wie pubertäre Teenager.

Nur dieser Marcello war tatsächlich anders. Er war still und Rosi schätzte ihn sehr. Sie verstand nicht, warum Giulia nicht näher auf ihn einging. Stattdessen überschüttete sie ihren Kenzo mit Zuneigung und Liebe oder vergrub sich zwischen ihren Lehrbüchern.

Giulia wollte Lehrerin werden. Diesen Wunsch hegte sie, solange sie denken konnte. Schon als Kind vergab sie Zensuren, führte fein säuberlich ein Klassenbuch und hob mahnend den Zeigefinger, wenn sie mit ihren Puppen sprach. Inzwischen legte sie all ihren Ehrgeiz in ihr pädagogisches Studium und saugte voller Wissbegierde sämtliches Wissen in ihren hübschen Kopf.

Rosi nahm die Pfanne vom Herd und blickte auf die Uhr. „Na, wann kommt denn der Herr des Hauses?"

In liebevoller Sorge runzelte sie untermauernd die Stirn und nahm endlich diese furchtbar altmodische Schürze ab. Wie schön die Mutter war. Giulia betrachtete sie mit Stolz und bemerkte abermals, wie toll sie aussah. Auch wenn das Alter ihr ein paar Charakterfalten beschert hatte, so war sie doch, vielleicht auch gerade deshalb, eine höchst attraktive und interessante

Frau. Noch immer war sie sehr schlank und Giulia hoffte insgeheim, dass die Aussichten daher nicht schlecht standen, auch mal so eine hübsche reifere Frau zu sein, wenn sie selber etwas in die Jahre gekommen war. Der Mutter hatte sie es augenscheinlich zu verdanken, dass sie von Jahr zu Jahr stärker zu einem Männertraum avancierte.

Wenn Rosi noch etwas mehr aus sich machen würde, wäre sie ganz sicher die heißeste Mutter Italiens.

„Pass auf, Mama. Mit dreißig werde ich verheiratet sein, wirst sehen!“ Die Mutter nahm ihre Tochter kurz in Augenschein, schüttelte kaum sichtbar den Kopf und erwiderte: „Spinnkopf. Mach dich nur über deine Mutter lustig.“ So ging sie aus der Küche und ließ die Tochter zurück.

Giulia blickte nervös auf ihr Handy. Noch immer keine Nachricht von ihm. So langsam machte sich schlechte Laune breit. Seit fünf Wochen ging das nun schon so. Ihr Handy war ihr treuester Begleiter und sie schrieb ihm so oft sie konnte. Er hieß Fabrizio und sie hatten sich auf einer dieser Onlineplattformen kennengelernt.

Giulia gab vor etwa vier Monaten dem Drängen ihrer besten Freundin nach, die sie auf dieses Datingportal führte. Giulia musste damals versprechen, sich mit mindestens drei Männern zu treffen.

Inzwischen wusste dieser Fabrizio fast alles über sie und zum ersten Mal in ihrem Leben schien sie sich einem Mann gegenüber öffnen zu können und inzwischen so etwas wie ‚Verliebtsein' zu empfinden. Verrückt, vollkommen verrückt war das. Sie wusste noch nicht einmal wie er aussah und dennoch schlug ihr Herz schneller, wenn sie an ihn dachte. Ihr erster Blick am Morgen fiel auf ihr Handy und am Abend hatte sie Probleme Ruhe zu finden und einzuschlafen. Seine Worte waren so sanft und die Art wie er sich ausdrückte, zeugte von Intelligenz und einer ihr bis dahin unbekannten Herzlichkeit. Bisher hatte sie Männer zumeist oberflächlich und kokettierend kennengelernt. Dieser Tiefgang war neu und scheinbar der Schlüssel zu ihrem Herzen.

Erstmals wollte sie nicht nur Oberflächlichkeiten austauschen, sondern war bereit sich zu öffnen und verletzbar zu sein.

Inzwischen hatte sie sich gedanklich ein genaues Bild von ihm gemalt. Seinen Angaben zufolge war er 26 Jahre alt, 1,86 groß und dunkelhaarig. Und er konnte Gitarre spielen.

So sah sie sich bereits mit ihm am Feuer sitzen, ihn anhimmeln, während er ihr mit selbst geschriebenen Liedern imponierte und die Sterne vom Himmel sang …

Seit Wochen nahmen sie nun schon gegenseitig am Tag des anderen Teil. Sie schrieb von Kenzo und wie es ihr bei ihrem Studium erging. Er stellte sich geduldig bohrenden Fragen, mit denen sie ihn bisweilen ziemlich in die Enge trieb.

Er hatte erst eine feste Freundin gehabt und seinen ersten Sex im Alter von siebzehn Jahren. Giulia wollte einfach alles wissen. Wie sich das für ihn mit dem Sex anfühlte und ob es der Frau dabei auch gefallen hatte. Wie oft man als Paar so miteinander schläft in der Woche und ob er trotzdem andere Frauen begehrenswert fand.

Fabrizio erwiderte anständig auf all ihre Fragen. Zu keiner Zeit wurde er anzüglich oder forderte ein Foto von ihr ein. Ihm schien es nichts auszumachen, dass er bisher nur eine Nahaufnahme ihrer Haare kannte und sich sonst nur auf das Geschriebene berufen konnte.

Natürlich hatte Giulia auch mit ihren Freundinnen das Thema Liebe und Sex aufs Ausführlichste beleuchtet. Doch nunmehr die Sichtweisen eines Mannes zu erfahren, war eine neue Qualität und übte auf sie einen unheimlichen Reiz aus.

Fabrizio gestand ihr bereits nach der dritten Woche täglichen Schreibens, dass er sich keinen Tag mehr vorstellen mochte, an dem er nicht mindestens eine Nachricht von ihr bekam. Dass er sogar schon gewissermaßen süchtig danach war – süchtig nach ihr. Und wenn es nicht vollkommen absurd klingen würde, er nach dieser kurzen Zeit tatsächlich so etwas wie Liebe empfand.

Konnte man so etwas ernst nehmen? Wie soll man Liebe empfinden, ohne sich zu kennen oder jemals gesehen zu haben? Ihm war es scheinbar tatsächlich egal wie sie aussah, aber genau das schätzte sie auch so sehr an ihm.

Sonst sahen Männer nur ihre vermeintlich makellose Fassade und die Schätze ihrer Weiblichkeit, die es fortan zu besitzen galt. Hier war sie offensichtlich einem Mann begegnet, der sie wegen dem ehrte und begehrte, was sie wirklich war. Eine liebe, sensible Frau mit enormer Lebenslust, aber auch ganz vielen Ängsten und dem außergewöhnlichen Ziel, nur einen einzigen

Mann in ihrem Leben an ihrer Seite haben zu wollen. Den – oder keinen …

- 4 -

Das Gute so nah

Marcello hatte sie heute wieder gesehen. Seine Giulia. Sie kam mit nassen Haaren geritten und würdigte ihn keines Blickes. Und das, obwohl er ihr auf der anderen Straßenseite entgegenlief. Seine Gefühle zu ihr taten manchmal schon fast weh. Er wollte zu ihr laufen um sie endlich in die Arme nehmen zu können. Er wollte sie berühren, ganz vorsichtig. Mehr wollte er nicht. Einfach nur ganz nah vor ihr stehen, ihren leisen Atem auf seiner Haut spüren und vielleicht mal ganz sanft ihre Hand nehmen.

Als sportlichster Typ in seinem Freundeskreis, war Marcello das Sinnbild eines Alphamännchens. Niemand stellte sich ihm entgegen. Schon als Kind war er stets der Anführer in seiner Klasse und der absolute Mädchenschwarm. Mit sechzehn Jahren fand er seine erste große Liebe. Mit ihr war er sieben Jahre zusammen, bis sie für ein Jahr nach Amerika ging.

Als sie jedoch wieder kam, war sie ein neuer Mensch. Schon innerhalb der Zeit des Auslandaufenthaltes hatte sie ihn verlassen.

Sie wüsste nun endlich, wie groß die Welt war und dass sich die Welt nicht nur um die Toskana, Apulien oder Kalabrien drehte. Ein Masseur hatte ihr sämtliche Anspannungen genommen und mit den Blockaden in ihrem Körper auch etwa da gewesenen Hemmschwellen beseitigt. Marcello hatte lange zu tun um über diesen Schmerz hinwegzukommen.

Eines Tages sah er Giulia dann am Strand entlang reiten. Das war jetzt schon zwei Jahre her. Diese ganz besondere Begegnung verhalf ihm zu mehr Zuversicht und mit der Vergangenheit nach und nach abzuschließen. Seine erste große Liebe würde für ihn sicher unvergessen bleiben, doch Giulia füllte die Leere in seinem Herzen so schnell und ohne Vorwarnung aus, dass da nicht mehr viel Platz blieb für all die schmerzvollen Erinnerungen.

Giulia erwiderte seine Zuneigung nicht. Er fühlte sich in ihrer Gegenwart klein und wertlos.

Ihre Blicken konnten augenscheinlich durch ihn hindurch blicken. Nie war sie dabei unfreundlich oder gar abwertend ihm gegenüber gewesen. Er war einfach gar nicht existent.

Zwei Jahre Zurückweisung waren hart. Es gab ein

paar seltene Begegnungen, da lächelte sie ihn sogar freundlich an und grüßte. Aber mit gleichem Gesichtsausdruck half sie alten Menschen über die Straße oder streichelte Nachbars Hund ...

Aber dennoch – das waren tolle Momente und Marcello war beschwingt von Kopf bis Fuß.

Heute hingegen war er niedergeschlagen und in seiner Gedankenwelt versunken. Was würde sie sagen, wenn sie erfuhr, dass er Fabrizio war? Es tat so gut in der Anonymität des Internets endlich ihre Aufmerksamkeit zu erfahren. Hier öffnete sie sich ihm vollends.

In dem grauen Schleier der Anonymität hatte er ihre volle Aufmerksamkeit. Inzwischen war es längst zu spät um umzukehren. Es war klar, dass irgendwann die Seifenblase der Lüge platzen würde und dann dürfte er wohl alles verloren haben.

Aber er konnte einfach nicht aufhören und sich offenbaren. Lieber diese erfüllten Tage anstatt weiter als Neutrum neben ihr zu existieren. Und so war es ein anhaltendes Spiel mit dem Feuer.

Er durfte ihr verbal so nah sein, an ihrem Leben teilhaben, wenn auch nur als dieser blöde Fabrizio in der ihm sonst so verhassten digitalen Welt.

Mittlerweile hatte sie sich tatsächlich in diesen Fabrizio verliebt. Wenn es auch nur ein Strohfeuer, geschürt aus Sehnsucht und Zuflucht war – so war der Weg für Marcello weiter geworden.

Es war ein aberwitziges Spiel. Seine Liebe in virtuellen Fängen.

So nah und doch so fern ...

„Hallo Giulia“, begann er zu schreiben. „Wie war dein Tag? Hast du heute wieder viel Zeit mit Deinem Pferd verbringen können?“

Missmutig starrte er auf die sinnlosen Zeilen vor ihm. Viel lieber wollte er ihr alles beichten und seine Liebe gestehen. Jeder Tag ohne sie schien so sinnlos. „Ich habe einen Freund, der schreibt sich auch mit einer Frau übers Internet. Ich glaube, die treffen sich demnächst. Dann wird sie sehen, dass er nicht groß ist und einen kleinen Bauch hat.

Die ist bestimmt sauer, oder? Wie würdest du reagieren? Ist das noch eine Notlüge oder hat er jetzt ihr Vertrauen missbraucht?“ Er drückte schnell auf ‚senden‘, bevor er es sich noch anders überlegen konnte.

Unzufrieden warf er den Kopf zurück auf seine Stuhllehne und atmete hörbar aus.

Wenn er rauchen würde, wäre jetzt wohl der perfekte Zeitpunkt dafür. So starrte er an die Decke und war mit sich und dem Geräusch seines Atems allein.

- 5 -

Liebe der Generationen

Eine Autotür wurde geschlossen. Gerade noch rechtzeitig, bevor das Essen wieder kalt werden konnte, war Sandrino heimgekehrt.

Rosi und Giulia vernahmen freudig seine Ankunft und Giulia lief ihm ein Stück entgegen, während sich Rosi daran machte, nun auch seinen Teller mit der dampfenden Pasta Burrata zu bestücken.

Sandrino schloss seine Tochter zufrieden in die Arme und sah über ihren Kopf hinweg zu Rosi, die ihn liebevoll anblickte. Sie beide waren seine ganz große Liebe und für Giulia empfand er solch väterliche Gefühle, als wäre sie seine eigene Tochter. An einem solchen Tag spürte er Dankbarkeit für das, was ihm da widerfahren war. Mit aller Kraft wollte er versuchen, gegen das Schwert der Gewohnheit anzukämpfen, welches sich von Zeit zu Zeit zeigte, bereit, das Band zwischen Ihnen zu zertrennen.

Als die drei mit dem Essen fertig waren, war es Giulia, die mit einer für sie ungewöhnlichen Frage aufwartete: „Kann ich euch mal was fragen?“ Sie zog verunsichert einen Mundwinkel nach oben und fühlte sich sichtlich unwohl. „Darfst du, mein Schatz“, erwiderte die Mutter.

Giulia holte tief Luft, bevor sie zu ihrer Frage ausholte.

„Kann man Liebe zu jemanden empfinden, den man gar nicht kennt?“ Sandrino und Rosi schauten sich für einen Moment an. Er war es, der am schnellsten schaltete und ihr väterlich sanft entgegnete: „Hmm ..., jetzt weiß ich zwar nicht, worauf du mit der Frage abzielst, mio caro, aber es macht mich stolz, mit meiner kleinen großen Tochter, über solche ernsthaften Themen sprechen zu dürfen. Auch wenn ich ein Mann bin und deine Mutter sicher noch viel besser, so von Frau zu Frau, zu berichten weiß, möchte ich mal behaupten, dass das nicht geht.“

Eine kleine Pause sollte seiner folgenden Ausführung zu mehr Gewicht verhelfen.

„Liebe hat etwas mit Vertrauen zu tun. Mit Begehren, Hingabe und Aufopferung. Man verliebt sich nicht nur in Worte, sondern in Gesten, in die Art und das Wesen eines Menschen. Wie sollst du sein Lachen kennen? Woher willst du wissen, wie dein Unbekannter riecht, schmeckt ... wie er küsst, wie es ist, wenn ihr euch liebt!?"

Sandrino räusperte sich nun auch etwas verlegen.

„Also schlussendlich geht das nicht. Sich auf eine derart unpersönliche Art zu verlieben, spiegelt aus meinen Augen nur die Sehnsucht wider. Es sind wohl eher die Träume, die dich beflügeln. Deine Gedanken malen einen Königssohn und seine Worte tauchen diese Gestalt in Farben.

Aber du wirst nicht umhin kommen, diesen Knaben leibhaftig zu sehen. Und wenn die Krone deines Prinzen Risse bekommt und du ihn dann trotzdem liebst, dann ist das wohl das Gefühl, was man mit ‚Liebe' umschreibt. Also vorausgesetzt, die Eigenschaften eines Prachtkerls mit Manieren, Anstand, der Erfüllung deiner individuellen Ansprüche sind entsprechend erfüllt. Du kannst dich in einen Wunsch hineinsteigern und dann die Sehnsucht lieben. Klappt als Teenie wunderbar, wenn man zu seinem Idol aufschaut und das erste Mal verliebt ist. Liebe gibt es aber nur leibhaftig. Da reicht selbst eine kurze Begegnung ... Also verlieb dich mal lieber nicht in ein A4-Blatt, Bellissima!"

Jetzt war die Laune von Giulia dahin. Ihr Gesicht erinnerte an ein aufkommendes Gewitter und die Worte von Sandrino hatten ihr nicht das erhoffte Feedback gegeben, welches sie sich bei ihrer Fragestellung erhofft hatte.

Ihr Fabrizio drohte zu einer Seifenblase zu avancieren ...

Rosi stand auf und ging zu ihrer Tochter „Du lässt uns jetzt ganz schön rätseln, junges Fräulein. Lass uns wissen, wenn du unglücklich bist und Sandrino irgendeinen Lauselümmel verprügeln soll!"

Sie unternahm den Versuch, durch einen solch flotten Spruch ihrer Tochter ein kleines Lächeln zu abzuringen. Es sollte ihr im Augenblick nicht gelingen. Rosi streichelte ihr sanft über die Wangen und ging zu Sandrino, um ihn in den Arm zu nehmen.

„Schau mal. Zwei Körper können nur das Gebilde der Liebe formen. Alles andere ist eben nur eine Krücke. Egal, was du uns eigentlich sagen willst. Der Mann deiner Träume sollte seinen Hintern hierher bewegen und dich abholen. Und im schlimmsten Fall kann der selbige ordentlich versohlt werden, sollte dieser Scharlatan denken, unseren Schatz unglücklich machen zu wollen. Aber keine Angst, es laufen viele gescheite Don

Giovannis draußen herum. Du musst nur mal deinen Sturkopf zuhause und sie ein stückweit in deine Welt lassen!“

Sie küsste ihren Sandrino und setzte einen Schlusspunkt hinter ihre Ausführungen:

„Wir haben uns ohne dieses blöde Internet kennengelernt und auch die Leute im siebzehnten oder achtzehnten Jahrhundert mussten miteinander reden, um sich kennenzulernen und zu verlieben. Alles bis dahin Geschriebene, Geträumte, Erhoffte ... ist Schall und Rauch, wenn er und sie dann aufeinander treffen. Hier erst entscheidet sich, ob Liebe aus dem kleinen Sprössling der Zuneigung erwachsen kann oder Träumereien der Ernüchterung weichen.“

- 6 -

Das geliebte A4-Blatt

„Hallo Fabrizio“, minutenlang starrte Giulia auf den Beginn ihrer Nachricht. Sie vermisste ihn und wollte an einem schönen Tag wie heute einfach mal einen Kaffee trinken gehen oder irgendwo zusammen am Meer liegen.

Aber Giulia hatte Angst, ein Treffen könnte dieses tolle Gebilde schnell zerstören. Was, wenn beide in ihrem Wunschdenken einfach nur einem Traum hinterherlaufen und die Realität dann einfach alles kaputt machte? Vielleicht roch dieser Fabrizio auch komisch.

Sie wollte endlich sehen wie er aussah, aber dafür müsste sie wohl auch ihr Bild preisgeben. Dabei wollte sie doch aber einen Mann, der sie nicht wegen ihrer vermeintlichen Schönheit begehrte. „Wie geht es dir?“, fuhr sie fort. „Ich bin heute ein wenig nachdenklich. Würde dich gerne treffen. Nur traue ich mich nicht. Wir haben uns hier eine so schöne heile Welt aufgebaut, es kann doch kaum noch schöner sein. Würden wir damit nicht alles aufs Spiel setzen? Aber um zu lieben muss man doch auch Nähe zulassen. Und ich will lieben! Ich habe auch Lust, endlich eine Frau zu werden und mein Gefühl sagt mir, dass du dafür der Richtige bist.

Spürst Du nicht auch den Druck? Die auferlegte Last unserer aufgebauten Erwartungshaltung? Können wir diesen Ansprüchen überhaupt noch gerecht werden? Also ..., ich für meinen Teil habe große Angst. Sie wird größer von Tag zu Tag. Mit jedem Stück Zuneigung, welches sich bei mir aufbaut."

Giulia hatte eine Idee und nahm nun allen Mut zusammen:

„Du, ich habe einen Vorschlag. Wir beginnen damit, dass wir uns die Bilder einzelner Körperteile schicken. Ich finde zum Beispiel, eine Hand sagt schon ganz viel über einen Menschen aus.

Beim nächsten Mal nehmen wir einfach den Fuß oder das Knie ...!"

Nachdenklich bemerkte sie, dass der Vorrat an unverfänglichen Körperteilen sicher sehr schnell aufgebraucht war. Doch man konnte über diesen Weg zumindest versuchen, einen Körper zu bauen, der bis zuletzt ohne Kopf blieb. Und wenn das Gerüst dann dem Bild dessen entspricht, was die Phantasie bis zum heutigen Tage gemalt hatte, dann sollte die Zeit reif sein für ein erstes Treffen.

„Was hältst Du von meinem Vorschlag? Meinst Du, das ist ein guter Plan? Liebe Grüße, Giulia."

Schnell schickte sie die Nachricht ab – der erste Schritt für die unvermeidliche Visualisierung des jeweiligen Gegenübers
war getan.

- 7 -

Des Puzzles schwieriger Anfang

Der Zeigefinder löste die Bildaufnahme aus. Marcellos Hand sah auf dem Foto riesig aus. Nein, mit so einer Pranke konnte er unmöglich beginnen.

Wieder und wieder fotografierte er seinen Handrücken und betrachtete die Ergebnisse mit Argwohn. Auf einem Bild sah die Hand dann doch ganz annehmbar aus.

‚Hallo Giulia, ich möchte den Anfang machen und dir ein Bild von meiner Hand schicken. Aber lach nicht, ja?!' Er fügte das Bild an die Nachricht und versendete die Mail in aufkommender Aufregung. Ein wenig albern kam ihm diese Situation jetzt doch vor. Nur was sollte er tun? Er gewann wertvolle Zeit um zu überlegen, wie er unversehrt diesem Labyrinth der Lügen entkommt und dabei seine Giulia nicht verliert, bevor er sie überhaupt für sich gewinnen konnte. Mit weiterhin skeptischer Miene sah er in seinen Mailausgang und betrachtete sich noch einmal die soeben versendete Fotografie von seinem Handrücken. Was konnte sie daraus schließen? Ob er zärtlich war?

Die hervorstehenden Adern zeugten von Lebendigkeit, die Hautfarbe von einer gewissen Vitalität. Und sicher konnte man durch die Gesamtstruktur durchaus erkennen, dass dieser ominöse Fabrizio von sportlicher Gestalt sein durfte.

Ein vertrautes Symbol signalisierte ihm den Eingang einer E-Mail. Marcello schreckte auf und öffnete hektisch das Postfach. Sie hatte tatsächlich schon geantwortet. Er überflog die wenigen Zeilen und war nur darauf bedacht, endlich den Mailanhang zu öffnen und zu sehen, was Giulia für ein erstes Körperteil auserkoren hatte.

Sie hatte ihm ein Bild ihres Bauchnabels geschickt. Was für ein außergewöhnlicher Beginn.

‚Lieber Fabrizio, ich habe lange darüber nachgedacht, welches Stück von mir ein bisschen das symbolisiert, was mich ausmacht. Schlussendlich bin ich auf den Bauchnabel gekommen. Es ist die Mitte von mir. Dort, wo ich in mir ruhe. Gleichsam soll es bedeuten, dass ich mit mir im Reinen bin, ich ausgeglichen bin und ein Mensch, der gern auf seinen Bauch hört. Naja ... und ein bisschen stolz auf meinen flachen Bauch bin ich auch und wollte vielleicht sogar ein bisschen damit angeben.

Ich hoffe, das kommt nicht ganz so plump bei Dir an! Soeben erreichte mich auch das Bild Deiner Hand.

Das Motiv finde ich toll. Danke, dass es kein Bizeps und auch kein Waschbrettbauch war. Bin ich froh! Deine Hand ist wunderschön. Sie zu sehen, hat mich umso zuversichtlicher gemacht. Ich entnehme deiner gepflegten Hand Sanftmut und doch auch eine gesunde Portion Männlichkeit.

Anders kann ich das gar nicht umschreiben. Doch, ja – ich bin mir sicher, du hättest keinen besseren Anfang finden können. Fühl dich gedrückt. Deine Giulia.'

„Deine Giulia", las Marcello laut vor. Wie innig das klang. Je vertrauter sie wurde, desto enger schnürte sich das schlechte Gewissen um seinen Bauch und engte ihn ein.

Er hatte sich bereits viel zu weit in den Irrgarten der Lügen gewagt. Sie musste enttäuscht sein, wenn er ihr irgendwann gestehen musste, dass er Marcello war und sie sich schon ewig kannten. Es fühlte sich an wie ein Vertrauensbruch, denn Giulia vertraute sich diesem Fabrizio an und wog sich in Sicherheit.

Er wiederum wusste genau was er tat und es musste sehr berechnend erscheinen.

Dabei war er so sehr verknallt in diese Giulia. Als er vor kurzem ihr Profilbild entdeckte und sie darauf schnell erkannte, war die Verlockung so nah – das Ziel jedoch noch in weiter Ferne.

Giulia hatte über die Schultern hinweg nur einen Teil ihrer Haare auf den Rücken ihres Pferdes abgelichtet.

Dennoch war sich Marcello sehr schnell sicher, dass es Giulia sein musste. Ein bisschen Restzweifel blieb, doch sein Bauchgefühl war längst überzeugt.

Ihr Bauch war schön. Samtig zarte Haut lief in ihrem Bauchnabel zusammen. Klitze-kleine Härchen schimmerten im Licht und brachten Lebendigkeit in dieses Bild. Fast schien es so, als ob sich ein wenig Gänsehaut abzeichnete. Schon jetzt liebte Marcello dieses Bild.

‚Hallo Giulia. Ich bin noch immer hin und weg von dieser wohl bedachten Perspektive deines schönen Bauches. Da ist Dir wirklich ein tolles Foto geglückt und es passt vollends in das Bild, was ich von Dir habe. Wunderschön! Ich danke dir! Fabrizio'.

Bevor Marcello diese Mail abschickte, zögerte er kurz. Eigentlich war doch bisher noch gar nicht so viel passiert. Er hatte ja nicht gelogen. Lediglich ein mit

Bedacht gewähltes Synonym ließ ihn hier seine Anonymität bewahren. Und so richtig wissen konnte er schließlich nicht, ob es sich bei dieser Giulia tatsächlich um DIE Giulia handelte. Es gab doch sicherlich noch jede Menge in den Weiten Italiens ...

Er nahm sein Handy und suchte nach einem geeigneten Motiv. Bloß keinen Arm und keinen Bauch! Das ließ aber die Anzahl der infrage kommenden Körperteile auf ein Mindestmaß einschränken. Er versuchte erst die Nase, dann das Kinn einzufangen. Bei letzterem Bild fiel ihm auf, dass das Kinn in Verbindung mit seinem Mund ein durchaus ansehnliches Motiv darstellte. Nach erfolgter Bildbearbeitung war Marcello durchaus zufrieden mit dem Ergebnis und so übertrug er seinen neuesten Schnappschuss auf seinen PC und fertig war die Nachricht an Giulia, nebst sicher schon erwarteten Mailanhang.

Marcello ging in die Küche und holte sich einen Apfel. Ihn zog es raus auf die Veranda und er ließ seine Gedanken in den angenehm warmen Wind treiben.

- 8 -

Viel zu heißer Espresso

„Hallo Marcello!“ Eine vertraute Stimme riss ihn aus seiner Gedankenwelt. Linda ging mit ihrer Promenadenmischung den abendlichen Spaziergang. Wie so oft führte sie dabei der Weg an Marcellos Haus vorbei. Er wusste, dass Linda für ihn schwärmte und es schmeichelte ihm. Gern sonnte er sich in ihrer Bewunderung. Sogar geküsst hatten sie sich beide schon. Mehr sie ihn, aber er ließ es damals im Überschwang seiner Geburtstagsfeier gern geschehen.

Sie war durchaus eine hübsche Frau und hatte sogar gewisse Ähnlichkeiten mit Giulia. Oft sah er die beiden Frauen zusammen.

Doch irgendetwas fehlte. Es war eben nicht Giulia. Linda war immer gut gelaunt und ihr Lächeln gefiel ihm. Was bis heute in seiner Erinnerung blieb, war der Zigarettengeschmack beim Küssen. Er haftete an seinem gedanklichen Bild und ließ ihn bis heute nicht los. Vielleicht war es genau dieses vermeintliche Haar in der Suppe, was ihn davor bewahrte, noch einen Schritt weiter zu gehen und mit ihr zu schlafen.

„Hi Linda, na, alles ok!?" Ihm war jetzt nicht nach Kommunikation zumute. Als er sie aber winken sah und dieses herzliche Lächeln, hatte sie seine Aufmerksamkeit gewonnen und er erwiderte ein ebenso freundliches Lachen. „Magst du einen Espresso?", fragte er, ohne lange zu überlegen. Schon kam sie seinem Haus näher und unentwegt zierte ihr Gesicht ein amüsiertes Schmunzeln. Sie umarmten sich herzlich und ein wohl duftendes Parfüm umgab sie. Marcello konnte nicht leugnen, dass er sich in Lindas Nähe wohl fühlte. Natürlich spielte dabei auch eine Rolle, dass er sich begehrt wusste.

Linda machte auch keine Anstalten, ihre Zuneigung zu ihm zu verbergen.

Ihr Hund schnupperte an Marcellos Hosenbein und war wohl ebenso erfreut ihn zu sehen.

„Dann mache ich uns mal schnell zwei Tassen!", er streichelte dem kleinen Louis über die schon leicht ergrauten Haare und ging ins Haus.

Als Marcello kurze Zeit später wieder auf die Veranda kam, waren Linda und ihr Hund Louis verschwunden. Er schaute ungläubig und lauschte angestrengt. Musste der kleine Vierbeiner mal dringend sein Geschäft verrichten oder was hatte das jetzt zu bedeuten? Weit und breit niemand zu sehen und nichts zu hören.

Er stellte die Tassen ab und strich sich nervös durch die Haare. Was war das denn jetzt? Kopfschüttelnd und ungläubig lächelnd versuchte Marcello so lässig wie möglich damit umzugehen, noch immer im Glauben, Linda erlaubte sich nur einen Scherz und würde ihn heimlich beobachten. Noch bevor er weiter darüber nachdenken konnte, kam sie ihm im Laufschritt entgegen gerannt.

„Ich bin schon wieder da! Hab mich ganz sehr beeilt. Hab Louis schnell nach Hause gebracht, der war ganz müde ...!" Keuchend stand sie vor ihm und war schon wieder erfüllt von guter Laune. Das war in gewisser Weise ansteckend. Sie gab ihm einen Kuss auf die Wange. „So, jetzt können wir ganz in Ruhe unseren Espresso genießen!" Und um etwaige Ausflüchte und Fragen gleich im Keim zu ersticken fuhr sie fort: „Welche davon ist meine?" Ihr fragender Blick traf die zwei kleinen weißen Tassen, die auf dem alten Holztisch standen. Marcello deutete auf die ihr zugewandte Tasse: „Die hier ... "

Linda nahm das weiße Porzellan in ihre zierliche Hand

und bevor sie den ersten Schluck trank, blickte sie zu ihm auf und zeigte ihr strahlend weißes Lächeln. Ihre glatten Haare waren nicht ganz so dunkel wie die von Giulia und sie mochte vielleicht ein wenig kleiner sein.

Sie trug eine kurze Jeanshose und darüber flatterte eine ärmellose weiße Bluse und gab einen freizügigen Einblick auf das braungebrannte Dekolleté. Wieder blickte sie liebevoll zu ihm. Dann sagte sie: „Kannst du mich nochmal küssen?"

Augenblicklich spürte Marcello seinen Herzschlag und er musste sich kurz sammeln.

Sie kam bereits auf ihn zu und nahm sein Gesicht in ihre Hände. Sofort beim Aufeinandertreffen ihrer Lippen drang ihre Zunge in seinen Mund. Jetzt drohte ihm kurzerhand der Kreislauf zu versagen. Sein Puls raste. Er strich über ihre festen Brüste, über ihre Schultern, nahm ihren Arm und zog sie langsam ins Haus.

Linda zog ihm das T-Shirt über den Kopf und küsste seine starke Brust. Lautes Atmen erfüllte den Raum. Fast zeitgleich öffneten sie einander die Knöpfe ihrer Hosen und er zog Linda auf sich. Für Romantik war kein Platz mehr. Spätestens als Marcello spürte, dass unter ihrer spärlichen Jeanshose kein weiterer Stoff den Weg versperrte, war auch die letzte Scheu abgelegt.

Der zierliche Frauenkörper senkte sich langsam und es nahm Linda kurz den Atem.

Die verpassten Züge holte sie mit einem kurzen Aufschrei nach und schüttelte unter heftigem Keuchen nur noch ungläubig den Kopf.

Marcello hatte noch kurz Gelegenheit ihre kleinen festen Brüste zu sehen, die unter den Bewegungen aus offener Bluse, genau vor seinem Gesicht, auftauchten.

Er biss sanft in die zarten Spitzen, dann übermannte ihn die Situation und er konnte den viel zu schnellen Höhepunkt nicht mehr hinauszögern. Linda fasste sich mit zusammengepressten Augen an die Stirn und schüttelte abermals den Kopf. Wie lange hatte sie sich danach gesehnt …

- 9 -

Kalter Kaffee

‚Mein lieber Fabrizio`, Giulia schaute immer wieder nachdenklich aus dem Fenster während sie um die passenden Worte rang.

`Ich danke dir für das abermals schöne Motiv. Die wunderschön sinnlichen Lippen von dir verleiten mich zwangsläufig dazu, an Küssen zu denken. Das ist mein neues Lieblingsmotiv und sicher werde ich mir noch öfter vorstellen, wie weich und zärtlich ein Kuss von dir sein muss …

Heute wage ich mich ein wenig mehr aus der Deckung. Das nächste Foto zeigt fast alles von mir und wenn du genau hinsiehst, dann reicht der Blick bis tief in meine Seele.`

Es dauerte noch ein paar Augenblicke, dann endlich verschickte sie die Zeilen. Im Anhang der Mail ein Foto von ihrem Auge.

Lange hatte sie gezögert, denn ein jeder der sie kannte, würde sie auf diesem Bild erkennen. Giulia war bereit, mehr und mehr von sich preiszugeben. Und Fabrizio, so schien ihr, war der richtige Adressat für ihre Offenheit.

Marcello hörte den vertrauten Ton der eingehenden Mail. Augenblicklich war er hellwach. Sein Körper war sofort wieder in Aufruhr und erlebte ein Wechselbad der Gefühle. Linda müsste das Tosen in seiner Brust eigentlich hören, denn sie lag auf seinem nackten Oberkörper und strich nachdenklich über seinen Bauch. Ihre Augen waren geöffnet und sie beobachtete ihre Finger, die sanft mit den kleinen Härchen um den Bauchnabel herum spielten.

Lediglich ein kleines dünnes Laken bedeckte Marcellos' Männlichkeit, die sich anmutend abzeichnete. Es dauerte nicht lange und die Finger von Linda waren auf dem gewölbten weißen Stoff, streichelten über die Konturen und vernahmen die dortige Wärme.

Doch Marcello war in seiner Gedankenwelt versunken. Er kam sich schäbig vor. Ihm war die Situation merklich unangenehm, denn es fühlte sich an, als hätte er seine Giulia hintergangen.

Der Sex mit Linda legte sich wie ein Schatten über die Reinheit ihrer bis dahin heilen Welt. Fast schon widerwillig merkte er die abermals aufkommende Lust und war machtlos dagegen, dass seine Erregung unter den Streicheleinheiten anwuchs.

Lindas Kopf tauchte hinab und seine anfängliche Abneigung steigerte nun die Intensität der Gefühle ins schier Unermessliche. Sie kletterte auf seinen Bauch, zog sich die Bluse aus und gab nun auch den letzten Blick auf ihren makellosen, braungebrannten Körper frei.

Als wäre der Weg bereits vorprogrammiert, verschmolzen die Körper abermals ineinander. Engelchen und Teufelchen lieferten sich einen erbitterten Kampf. Unter aufkommender Wut auf sich selbst, legte Marcello immer mehr Vehemenz in seine Bewegungen und brachte Linda damit nur noch mehr um den Verstand. Sie lachte, wimmerte und weinte unter der Unermesslichkeit ihrer Gefühle.

Giulias Mail blieb unterdessen weiter ungelesen im Postfach ...

Als Marcello Minuten später im Bad verschwand, war er mit sich und einem dumpfen Gefühl allein. Linda war zweifellos eine der schönsten Frauen, die er bis dato kennenlernen durfte und ihr Körper glich einer Zeichnung aus blühender Phantasie. Doch was nach dem sexuellen Akt blieb, war ein dumpfes Bauchgefühl.

Sein Gewissen führte ihn immer wieder zu Giulia und gab ihm ein schlechtes Gefühl. Er wusste, dass Linda sich mehr als dieses Abenteuer wünschte und mit jeder Minute, die sie da nackt auf seinem Bett lag, wog die Bürde schwerer, die er sich auferlegte.

Die Tasse Espresso war heiß und gab den erhofften kurzen Kick. Doch was blieb, war ein schnelles Erkalten und die letztlich verbleibende Bitterkeit.

Er ärgerte sich über sich selbst und wusch sich das Gesicht mit kaltem Wasser. Ein Blick in den Spiegel offenbarte zwei traurige Augen, umspielt von Wassertropfen, die leider nicht die erhoffte Reinheit brachten.

Als Marcello das Schlafzimmer betrat, zwängte sich Linda gerade in ihre kleine Jeanshose. Provokant aufreizend hatte sie es nicht eilig sich anzuziehen. Sich ihrer Wirkung durchaus bewusst, ließ sie Marcellos Blicke ungehemmt wandern. Sie war amüsiert darüber, wie er sich innerlich dagegen wehrte und dennoch sein Instinkt nicht umhin kam, sie länger als gewollt zu betrachten.

„Ich mach dann mal los", sprach sie und knöpfte nun endlich auch die Bluse zu. Das ließ langsam wieder mehr Raum für klare Gedanken und ein wenig Kommunikation.

„Es war wunderschön mir dir, Marcello!"
Nicht imstande etwas zu sagen, ging er auf sie zu und nahm sie behutsam in die Arme. Ein paar Sekunden bleiben sie so umschlungen und ein jeder spürte eine gewisse Leere.

„Mach 's gut, schöner Mann." Sie gab ihm einen zärtlichen Kuss auf den Mund und ging zur Tür. Im Türrahmen stehend blickte sie sich noch einmal um und ihre Blicke trafen sich.

„Mach dir keine Sorgen. Ich werde nicht zu einer Klette mutieren. Das hier bleibt unser Geheimnis, solange du magst. Ich komme natürlich auch gerne wieder. Dies auch, solange du das willst. Ich denke, du weißt, wie viel du mir bedeutest. Aber genau weil dem so ist, werde ich dir nicht deine Freiheit nehmen. Wenn du irgendwann dein Schneckenhaus verlässt und mich vielleicht ein kleines Stück in deine Welt lässt, dann machst du mich damit überglücklich.

Ansonsten aber genieße ich es einfach, dich ab und an zu sehen, dich berühren zu können und wenigstens so ein kleiner Teil deines Lebens zu sein. Ich liebe dich, Marcello. Aber nie werde ich eine Last für dich sein."

Sie zog die Tür hinter sich zu und Marcello blieb wortlos zurück.

- 10 -

Ein Blick in die Seele

Ein großes Auge erfüllte den Bildschirm. Marcello hatte mit Spannung die Zeilen von Giulia gelesen und dann erwartungsvoll den Bildanhang geöffnet.

Eine wunderschöne Vielfalt an Farben zeichnete sich ab. In der Gesamtheit braun, war das Auge in dieser Schärfe und Nähe viel mehr als das. Umrahmt von langen schwarzen Wimpern, hätte das Motiv nicht schöner ausfallen können. Marcello versuchte in der Spiegelung der Iris etwas zu erkennen. Ihm war, als sah er schemenhaft ein Handy und ein paar Finger. Sicher war er sich dessen nicht.

Allein das Auge reichte nicht aus, das Wesen eines Menschen abzulesen oder gar zu charakterisieren. Vielleicht war Marcello nur zu wenig offen dafür, noch immer überschattet von der Eskapade mit Linda. Er nahm sich vor, später am Abend noch einmal dem Bilde zu widmen und war frohen Mutes, dass er dann sicher mehr darin lesen konnte, als er es jetzt vermochte.

So begann er spontan, ein paar Zeilen an Giulia zu verfassen.

'Liebe Giulia, vielen Dank für dieses schöne Motiv. Ich bin noch immer fasziniert davon und lasse es noch eine Weile auf mich wirken. Du hast wunderschöne Augen. Wenn du mich mit denen ansiehst, kann ich dir vermutlich keinen Wunsch abschlagen. Ich freue mich über das Vertrauen, welches du in mich setzt. Hoffentlich kann ich all dem gerecht werden. Kann deine Hoffnungen erfüllen, bin der, den du dir in deiner Gedankenwelt geformt hast.

Insgeheim hoffe ich zudem, dass uns die Geduld nicht verlässt und wir durchhalten, bis wir uns endlich begegnen.

Offen gestanden kann ich es gar nicht mehr erwarten, doch mit wachsender Ungeduld steigt auch die Angst.

Sicher wiederhole ich mich da und ich mag nicht ängstlich erscheinen. Wenn man aber ohne Erwartungen ist, kann sich eine Enttäuschung nur erschwerend einstellen. Aber mit der zunehmenden Erwartung, steigt wohl auch die Gefahr für eine Ernüchterung rasant. Dann beruhige ich mich aber auch und sage mir, wie soll ein Mensch nur so liebe Dinge schreiben und dann am Ende jemand ganz anderes sein!?

Du erscheinst mir alles andere als oberflächlich und auch ich würde dir sicher viele Ecken und Kanten verzeihen, weil ich mich schon längst in das Wesen hinter den vielen Buchstaben verliebt habe. Und wenn ich mir dein Auge so betrachte, deinen Bauch, deine Haare ... Dann nimmt es mir den Atem, weil ich der Vermutung unterliege, dass ich entweder einem riesigen Fake erliege, oder Du der leibhaftig gewordene Traum bist. Das bringt meinen Bauch zum brodeln, denn ich will dich am liebsten in den Händen halten, dich fest in die Arme schließen und niemals mehr loslassen!'

Marcello war innerlich völlig aufgewühlt, so erreichten ihn diese Zeilen selbst. Mit jedem geschriebenen Wort stieg die Aufregung ins Unermessliche. Er stützte seinen Kopf in die Hand, schloss die Augen und versuchte ruhig und tief zu atmen. Unter den schemenhaften Phantasiegebilden von Giulia mischten sich die des nackten Frauenkörpers von Linda. Was für eine absurde Mischung. Das reale Leben tauchte in seine Traumwelt. Linda füllte mit ihrer körperlichen Nähe die dortige Lücke aus und gab dem Traum die Möglichkeit, für kurze Zeit anfassbar zu werden.

'Liebe Giulia. Nun möchte ich dir auch ein weiteres Bild von mir senden. Diesmal fiel mir die Wahl besonders schwer. Zuletzt habe ich mich dazu entschieden, es dir gleich zu tun. Nun hast du die Möglichkeit in meine Augen zu blicken und ein weiteres Puzzleteil an die Stelle zu fügen, wo bisher das verschwommene Grau der Vorstellungskraft zu finden ist. So erhält auch mein Bild mehr und mehr Farbe.'

Marcello betrachtete sich die Nahaufnahme seines Auges und verzog unzufrieden den Mund. Sein Spiel musste bald auffliegen, dessen war er sich sicher.

Noch wusste er sich nicht zu helfen und sah keinen Ausweg aus dieser Sackgasse, in der er sich selber manövriert hatte.

Er musste es weiter verdrängen und auf das Schicksal vertrauen. Umzukehren war ausgeschlossen.

Der Umgang mit dieser Situation war wohl die Zerreißprobe, die über Beginn und Ende einer ungewöhnlichen Begegnung entscheiden würde. Ohne weitere Gedanken zuzulassen, verschickte er seine Nachricht und stand energisch auf, um sich selber die Festigkeit in seiner Handlung vorzugaukeln.

- 11 -
Auge um Auge

Giulia betrachtete sich das Bild ganz genau. Sie sah in ein braunes Auge und versuchte, das Wesen darum zu interpretieren.

Die Haut des Augenlides war glatt und umrahmte das Meer an Wimpern. Sie empfand, dass es sich um einen offenen, wachen Blick handelte und stand nun einige Meter vom Bildschirm entfernt, um das Auge aus der Ferne zu betrachten.

Mit geneigtem Kopf stand sie da und nippte gedankenversunken an ihrer Teetasse. Ja, es musste zweifelsohne ein hübscher Mann sein. Ein leichtes Lächeln überzog ihre Lippen.

Sie war froh, dass sich die kleinen Bilder zu einem Gesamtbild formten und auch wenn noch viele Teilchen fehlten, so war sie inzwischen sicher, dass Fabrizio ein gut aussehender Mann war.

War sie deshalb oberflächlich? Nein, ganz sicher nicht. Inzwischen schien es ihr so, als würde sie ihren Fabrizio schon ewig kennen. Kein Tag sollte mehr vergehen, ohne ein Zeichen von ihm. Längst war sie süchtig nach seinen Nachrichten und der Tagesinhalt bestand schon längst darin, ein Leben von Nachricht zu Nachricht zu führen.

Wo immer sie war, was immer sie tat – Fabrizio war da und sie fühlte schon längst ein immer stärkeres Band, welches beide zusammen hielt und ihr das Gefühl gab, in einer Partnerschaft zu sein. Gab es überhaupt andere Männer? Jetzt lachte sie, während ihre strahlenden Augen noch immer das Auge dort auf dem Monitor betrachteten. Sie konnte sich nicht erinnern, wann sie das letzte Mal bewusst einen anderen Mann wahrgenommen hatte.

Sie musste ihre beste Freundin Linda um Rat fragen, wann nun endlich der passende Zeitpunkt für ein Treffen sein würde.

Welcher Ort war würdig genug, die Arena für diesen fast schon historisch anmutenden Moment zu bieten. Ein Café schien dafür viel zu gewöhnlich, eine Bar schied ebenso aus. Wie oft hatte sie Szenen ihrer Begegnung in Gedanken geprobt und stellte dann stets fest, dass es etwas Einzigartiges bedurfte, denn bereits jetzt war klar, dass hier etwas heran reifte, was das Potenzial hatte für die eine große Liebe ihres Lebens.

Längst hatte Giulia ihr Handy zur Hand. Das Rufzeichen durchdrang die Stille am Ohr.

Sie hatte Lindas Nummer gewählt und lauschte in Erwartung des nächsten Rufzeichens. Dazu kam es nicht. Linda begrüßte ihre Freundin überschwänglich und es tat gut, ihre Freundin wieder an ihren Gefühlsleben teilhaben zu lassen. Sie war die Einzige, die all ihre Sehnsüchte, Ängste und Träume kannte. Vor dem Rest der Welt konnte Giulia das meist weitgehend verbergen.

Ihrer Mutter schenkte sie den Wein der Wahrheit nur tröpfchenweise ein. Bei ihr waren es gut gefilterte Informationen, welche die Mutter zwar teilhaben ließen, die Tiefe bis ganz in ihr Innerstes aber nie vollends zuließen.

„Ich musste dich jetzt einfach anrufen. Langsam halte ich das nicht mehr aus. Mir reichen keine Worte und Bilder mehr. Wie gern will ich ihn sehen, anfassen, fühlen und küssen. Und es wird Zeit, dass Giulia Sophie Sabatelli nun endlich eine Frau wird. Also so richtig – mit dem Herzen lieben und nicht nur untenrum."

Giulia fuhr ohne Unterbrechung fort: „Linda, du

musst mir helfen. Ich brauche einen Plan, sonst platze ich hier bald vor Anspannung!"

Amüsiertes Kichern war am anderen Ende der Leitung zu vernehmen. „Ach Herzl, du bist mir eine. Frau Unantastbar schmilzt hier dahin, wie das längst überfällige Eis in der Sonne!" Linda fühlte sich in den letzten Tagen wie ein Schwamm, der die Fülle an Informationen aufzusaugen und zu verarbeiten hatte. Aber dafür waren sie Freundinnen und Linda war inzwischen ebenso neugierig und verfolgte mit Spannung die filmreife Dailysoap.

„Wollen wir uns bei Alfredo treffen? Ich glaube, wir brauchen jetzt erstmal ein großes leckeres Eis und dann schmieden wir einen ganz tollen Plan! Abgemacht?!"

Und so stand die Verabredung und während Giulia sich von ihrer Freundin verabschiedete, hatte sie längst nochmal sein Bild in Augenschein genommen. Sie musste heute Abend mal das Foto mit seinen wunderschönen Lippen darunter halten.

Ihr Fabrizio nahm mehr und mehr Gestalt an und schien zum Greifen nahe ...

- 12 -

Heißes Eis

Zwei Stunden später saßen die beiden Freundinnen bei ihrem Lieblingsitaliener. Linda war mit ihrem kleinen weißen Cabrio bis direkt vors Café gefahren. Alfredo duldete es sanftmütig. Er konnte ihr einfach keinen Wunsch abschlagen und die zwei hübschen Damen auf seiner Terrasse, waren natürlich die beste Werbung für sein kleines Lokal.

Giulia hatte ihre schwarze Lockenpracht zusammengebunden und ihr weißes Kleid mit schwarzen Pünktchen angezogen.

`Traumhaft`, wie Linda befand. Sie indes steckte in einer ihrer aufreizend offenen Blusen. Darunter lugte noch spärlich der letzte Rest der kurzen Jeanshose hervor.

Linda spielte mit ihrem Äußeren und liebte es einfach eine Frau zu sein. Sie bellte dabei zumeist nur, ohne wirklich zu beißen. Ansonsten hätte sie wohl nie das Potenzial gehabt, Giulias beste Freundin zu sein. Was beide Frauen verband, war die leidenschaftliche Träumerei. Sie konnten tiefsinnig diskutieren und dabei die Zeit um sich herum vergessen. Beide hatten eine wohltuende Leichtigkeit und in ihrem Wesen waren sie sich dadurch sehr ähnlich.

„Giulia. Ich muss dir was erzählen. Du kennst doch den Marcello. Naja, wie soll ich sagen ...!?"

Während das ganze Gesicht strahlte, fuhr sie nach einer kurzen Pause fort: „Ich habe ihn heute einfach verführt. Oh, Giulia, ich bin noch immer neben mir. Es war der absolute Wahnsinn! Giulia! Ich hatte den Sex meines Lebens!"

Sie nahm Giulias Hand und fügte ungefragt hinzu: „Ich wünsche dir Sex mit einem Mann den du liebst, hörst du! Du glaubst gar nicht, was da in dir passiert!"

Jetzt kicherten beide und Giulia sprach nun ebenso euphorisch: „Na, warum denkst du, treffe ich mich heute mit dir?! Wir brauchen einen Plan! Ich will mich endlich mit Fabrizio treffen und ich bin sowas von bereit! Ich platze! Es muss nun endlich geschehen!"

Sie steckten die Köpfe noch näher zueinander und Giulia fragte kleinlaut: „Erzähl mir ein bisschen mehr! Noch immer kann ich mir das nur schwer vorstellen.

Unfassbar, wie viele Menschen mit einer solch immensen Intimität so banal umgehen. Für mich ist das wie eine Heirat. Also ich meine den wirklichen Sex. Wie oft habe ich mich zu Körperlichkeit hinreißen lassen. Aber der letzte Schritt. Puhhh ... Da lässt du einen Menschen in deinen Körper und gibt's ihm alles preis. Da passiert ein Austausch, der nicht mehr rückgängig zu machen ist. Das ist doch so krass! Ich habe Respekt und auch auch ein wenig Angst davor, so ehrfürchtig bin ich vor diesem Moment. Du weißt ja – ich hatte bisher immer ganz viele Elfmeter zugelassen aber die Kerle durften bei mir immer nur anlaufen."

Giulia schaute sich um, denn sie merkte, wie ihr Gespräch in eine etwas gewöhnliche Struktur abglitt. So kannte sie sich selber gar nicht.

Linda schien es nicht zu stören. Sie bekam ihr Lächeln nicht aus dem Gesicht. „Ich glaube, du wirst dann auch schnell süchtig danach!" Dann fügte sie hinzu. „Aber nunmal langsam. Ihr habt euch noch nicht mal gesehen und du denkst schon an Elfmeter?? Giulia, ich erkenne dich ja gar nicht wieder!", gab sie gespielt zu verstehen.

„Warte erst, wie er küsst. Und wie er riecht. Vielleicht schmatzt er beim Essen oder popelt!" Jetzt kannte das

Gekichere kein Ende mehr. Während ihre Stimmen bei dem intimen Thema etwas leiser wurden, hielten sich die beiden Freundinnen an den Händen.

„Eines kann ich dir sagen, Giulia. Wenn du liebst und dann mit diesem Menschen schläfst, dann ist das Gefühl wie Fliegen. Dann durchströmt dein Körper eine Kraft, eine genau besondere Magie. Du hast in diesem Moment alles, wofür es sich lohnt, auf der Erde zu sein. Du willst lachen und weinen zugleich. Diese Verbindung ist stärker als jedes Wort, welches mir mein Wortschatz zur Verfügung stellt." Kurz trat bedächtige Stille ein, als Alfredo ihnen zwei Latte Macchiato servierte.

„Buon Appetito, meine zwei Grazien." „Danke, Alfredo, du bist der Beste!"

Linda probierte vom Milchschaum bevor sie endlich fortfuhr. „Nehme dir am besten gar nichts vor. Es gibt kein Rezept für das vermeintlich erste Mal. Es gibt nur dich und deine Liebe. Für den Rest vertraue auf dein Gefühl, auf dein Herz."

Nach einigen kurzen Sekunden des Schweigens stellte Linda in den Raum „Ich bin einfach mal gespannt, wer das ist. Vielleicht haben wir ihn ja schonmal gesehen.

So viele unwiderstehliche Fabrizios wird's ja hier auch wieder nicht geben. Außer, er wohnt wirklich ein Stück weiter weg. Ich bin neugierig!

„Ich erst!" Mit einem Lächeln nahm Giulia einen ersten Schluck ihres Latte Macchiatos und schaute ihrer Freundin dankbar in die Augen.

- 13 -

Ich seh´ etwas, was du nicht siehst

Marcello wählte die Nummer von Linda. Ihre Stimme deutete herzlich und mit einem hörbaren Lächeln auf die Möglichkeit hin, eine Nachricht auf dem Anrufbeantworter zu hinterlassen.

Zwischen Auflegen und Sprechen schwankend, begann Marcello nach dem Signalton: „Linda, ich würde dich gern sehen. Ich würde gern mit dir reden. Aber nicht am Telefon. Ruf mich bitte zurück. Ist wichtig."

Er beendete grußlos sein Telefonat und schloss die Augen. Während er sich mit der Hand den Nacken rieb, fragte er sich, ob er hier das richtige tat.

Linda war eine Traumfrau. Sie hatte alles, was er sich wünschen konnte. Herz, eine liebevolle Seele, war eine Frohnatur, bedacht, liebevoll und hatte zudem einen wunderschönen Körper. Aber er liebte Giulia und merkte bei der gedanklichen Aufzählung der augenscheinlichen Vorteile von Linda, dass er aufhören konnte zu fragen.

Denn Liebe fragt nicht. Und bei Giulia gab es solche Gedanken nicht. Marcello war sich der Liebe zu seiner

Giulia stets bewusst. Und bei Linda reizte das greifbare. Sie war da. Wann immer er wollte. Sie war sein Ventil. Mehr nicht. Es mischte sich so etwas wie Mitleid in seine Gedanken. Linda tat ihm leid. Er musste ihr einfach seine Liebe zu Giulia gestehen. Und ihr reinen Wein einschenken.

Das konnte der Anfang vom Ende sein. Denn am Ende waren wohl beide Frauen weg und Marcello der einsamste Mann auf dem Planeten.

'Sitze gerade mit Giulia bei Alfredo. Kann gerade nicht sprechen. Ich komme nachher gern vorbei. Bist du da!'

Die Nachricht von Linda riss Marcello aus seiner Gedankenwelt. Sie saßen zusammen im Café und er war hier der Einzige, der bei dem Versteckspiel die Übersicht hatte. Das musste sich endlich ändern. Für Giulia. Für Linda. Für die Liebe.

Seine Hände tippten wie von selbst. 'Bis dann!'

Marcello stand auf und lief ins Bad. Unterwegs strich er sich die Klamotten vom Leib und ließ sie einfach auf seinem Weg liegen.

Sein Gesicht streckte sich den wohligen Wasserstrahlen entgegen. Die kalte Dusche war jetzt notwendig um zu Verstand zu kommen. Ohne Plan hatte er Linda eingeladen, um ihr sein doppeltes Spiel zu beichten. Das war gar nicht so schlimm.

Wäre hieran nicht die Gefahr gekoppelt, dadurch alles aufs Spiel zu setzen und alles zu verlieren. Und das, bevor er es je in den Händen hielt. Wie groß war die Gefahr der Enttäuschung. Vor seiner Lüge und vor der Erkenntnis selbst, dass es sich bei Fabrizio nur um Marcello handelte.

Sein Handtuch um die Hüfte gebunden ging Marcello zurück in die Küche. Beim Blick in den Spiegel kam er auf eine Idee. Nach ein paar umständlichen Versuchen war es dann geschafft. Er hatte ein brauchbares Foto seines Rückens. Damit wollte er Giulia erfreuen. Vorausgesetzt, das Ganze machte überhaupt noch einen Sinn. Marcello nahm sich vor, das Bild nicht zu verschicken bevor er mit Linda gesprochen hatte. So blieb es bei ein paar kurze Zeilen für Giulia.

'Hallo Giulia. Was machst du Schönes an diesem sonnigen Tag? Ich überlege schon, was für ein Bild ich dir als nächstes schicke. Ich brauche noch etwas Zeit dafür, aber möchte dir dennoch mittels ein paar kurzen

Zeilen eine Freude machen und dir zeigen, dass ich an dich denke. Aber du weißt ja schon, dass es gar keinen Augenblick mehr gibt, ohne Gedanken an dich.

Ach Giulia, du bist mir so sehr ans Herz gewachsen. Manchmal schließe ich die Augen und spüre die Angst dich zu verlieren. Ich bin so ängstlich geworden. Dabei möchte ich stark sein und nicht als weinerlich erscheinen.

Liebe macht so verletzlich. Verzeih mir, wenn ich von Liebe schreibe. Ich weiß – wir kennen uns ja gar nicht. Ich kenne nur kein anderes Wort, was meine Gefühlswelt besser umschreibt. Fühl dich gedrückt, liebe Giulia. In Gedanken stets bei dir ... dein Marc' ... fast wäre es passiert.

Erschrocken stellte Marcello seine Unachtsamkeit fest und fast schon widerwillig korrigierte er seinen vermeintlichen Fehler. '... dein Fabrizio'.

- 14 -

Wider und wieder

Als es an die Tür klopfte, schrak Marcello zusammen. Er hatte gerade die Beine auf den Küchentisch gelegt und sich ein Bier geöffnet.

Mit einem Sprung war er an der Tür. „Hallo Linda." Warum sah sie nur so gut aus. Und warum heute noch viel schöner!? Er ging ohne ein weiteres Wort zurück in die Küche. Linda schloss die Tür und tat es ihm gleich. „Willst du auch eins?" Marcello deutete fragend auf die Flasche Bier.

„Gerne", waren die ersten Worte von Linda. Ein Lächeln huschte über Marcellos Gesicht. Mit ein paar flinken Griffen hatte er ein weiteres Bier zur Hand und ein freundliches Zischen nahm dem Augenblick die spürbare Spannung. „Auf das Leben!", Marcello hielt seine Flasche hin. „Auf die Liebe!", entgegnete Linda provokant.

Dankbare Sekunden des einhelligen Trinkens gaben Raum für letzte taktische Überlegungen. Es sollte bei der Theorie bleiben ...

Lindas Blick war unbeschreiblich und Marcello spürte so eine unsagbare Lust in ihrer Nähe. Bisher ungekannte Reize setzten seinen Überlegungen ein Ende. Ein Ziehen in seiner Leiste und Wogen der Lust ließen ihn von seinem Vorhaben abkommen und ihren Kopf in die Hand nehmen.

„Du bist unglaublich", hauchte er ihr noch zu, bevor er sie leidenschaftlich küsste. Wie zart sie war. Wohin er fasste. Sie war von Anmut und Schönheit nicht zu übertreffen. Der inzwischen schon vertraute Duft ihres Körpers, umspielt von einer cremig, sommerlichen Parfumnote, ließ ihn wie hypnotisiert die Augen schließen.

Er drehte Linda um und schob sie an die Kühlschranktür. Ihr aufreizender Po wölbte sich ihm entgegen. Die kurze Jeanshose zur Seite drückend, drang er in sie ein. Er vernahm, dass er hier schon sehnsüchtig erwartet wurde.

Beide gaben sich hemmungslos ihrer Lust hin. Als Linda zum zweiten Mal die Wucht des Höhepunktes über sich hereinbrechen spürte, stöhnte sie laut auf. Sie zuckte und sank vor ihm auf die Knie. Die zitternden Beine hatten ihren Dienst versagt. Marcello atmete laut und stand übermächtig vor dem kleinen Frauenkörper vor sich.

Er hatte es wieder getan. Trotz seiner Erregung wand er sich ab. Wie sollte er diesem Teufelskreis entkommen? Linda griff nach dem Bier auf der Tischplatte und blieb auf dem Boden sitzen. Marcello setzte sich auf einen Küchenstuhl. So saßen sie sich gegenüber. Eine vor Glückshormonen überlaufende Frau und ein Mann, der zwischen widerstrebenden Gedanken und dem wohlwollenden Wieder hin und her schwankte.

Erneut sollte das Wieder gewinnen, als Linda ihm in die Augen sah und auf dem gleichen Küchenstuhl platz nahm ...

Marcello war der erste, der nach dem Liebesspiel den Weg zur verbalen Kommunikation zurück fand.

„Ach Linda.", sprach er zum wiederholten Male. „Ich habe wirkliches Kopfkino wegen dir. Du bist eine so großartige Frau. Eigentlich müsste ich dich auf der Stelle heiraten. Aber du bist wohl in mein Leben getreten, um eine ganz große Prüfung zu sein." Marcello nahm einen weiteren Schluck Bier und untermauerte den bedeutungsschwangeren Moment. „Aber mein Herz ist seit geraumer Zeit vergeben.

Ich bin verliebt. Nur das lässt mich auf der Bremse stehen. Also meistens." Er räusperte sich und lächelte kurz verlegen. Linda hörte ohne eine Regung zu. „Ich liebe deine beste Freundin. Und sie weiß nichts davon. Ja, ich liebe Giulia. Auch wenn sie von mir nichts wissen will."

Linda schaute zu Boden und kämpfte mit ihren Tränen. Marcello hatte sie in den Himmel gehoben und jetzt spürte sie den freien Fall.

Leise Tränen bahnten sich den Weg über ihre noch immer vom Sex geröteten Wangen. Sie schämte sich für diesen Gefühlsausbruch.

Zu keiner Zeit wollte sie zur Last werden. Aber dieser Gefühlsmix war einfach zu stark. Ihr Kinn begann zu beben, der Mund verzog sich und sie biss sich im Kampf um ihre Fassung auf die Lippen. Vergebens. Der zierliche Körper fiel in sich zusammen und wurde von heftigen Weinkrämpfen geschüttelt. Gefühle aus tiefstem Herzen waren stärker als der Wunsch nach würdevoller Kontenance.

Marcello nahm sie in den Arm. Es bedurfte keiner weiteren Worte. Alles war gesagt.

„Ach Linda, was würde ich nur dafür geben, dass alles anders gelaufen wäre. Es tut mir so leid!" Linda hatte die Augen geschlossen und erwiderte seine Umarmung noch ein wenig fester. Jetzt war es Marcello, der mit den Tränen rang.

- 15 -

Die Kraft der Liebe

Die Tür hinter Linda fiel ins Schloss. Marcello setzte sich auf den Küchenstuhl, der noch vor kurzen Augenblicken Schauplatz ihres Liebesspiels war.

Linda hatte ihn geküsst und das Versprechen abgegeben, dass sie ihm nicht zuvorkommen werde. Marcello durfte den Zeitpunkt seiner Beichte gegenüber Giulia bestimmen.

Sie war eine so bemerkenswerte Frau. Aber es gab für ihn nur diese eine Liebe. All sein Tun, all seine Gedanken kreisten nur um ein Thema. Giulia. Sie oder keine.

So oft er sich das die letzten Tage einredete, so sehr bekam dieses Vorhaben erstmals Risse. Noch waren sie leise – die Zweifel. Aber noch konnte und wollte er nicht aufgeben ...

Als müsse er sein schlechtes Gewissen und aufkommende Selbstzweifel vertreiben, setzte sich Marcello an den Computer.

„Hallo liebe Giulia. Jetzt weiß ich endlich, was ich

dir als nächstes von mir schicken werde. Ich habe eine Weile überlegt. Aber jetzt bin ich dahingehend sicher. Es ist ein Bild von meinem Rücken. Dafür musste ich ganz schon akrobatisch werden. Ich weiß zwar nicht, ob das nun doch etwas zu viel Körper ist, aber ich merke, dass es mich immer mehr dazu drängt, mich dir meiner preiszugeben.

Vielleicht schaffen wir es, uns demnächst endlich zu treffen. Ich kann es nicht erwarten, deine Hand zu nehmen und dir schweigend in die Augen zu sehen. Auch wenn uns dann die Worte fehlen sollten. Ich liebe es schon jetzt, mit dir gemeinsam zu schweigen. Fühl dich lieb gedrückt, liebe Giulia. Dein Fabrizio."

Nachdem Marcello die Nachricht versandt hatte, duschte er sich die Ummantelung seines vermeintlichen Doppellebens vom Körper. Es tat gut, sich von Linda zu befreien und die extra Portion Duschbad zelebrierten diesen reinigenden Vorgang. So wunderbar die Stunden mit Linda waren, dieses Kapitel sollte damit endlich geschlossen sein. Für ihn gab es nur noch ein Ziel. Giulia.

Das Handy in der Küche vibrierte zum wiederholten

Male und Marcello rannte, von der Neugier getrieben, um den Anruf entgegenzunehmen. Es war Linda.

„Hi Marcello.", begann sie ohne Umschweife. Ihre Stimme war auffallend sachlich. „Ich muss dir noch etwas sagen. Auch wenn es sehr vertraulich ist, muss ich es dir einfach sagen. Giulia hat sich in einen anderen Mann verliebt. Er heißt Fabrizio." Sie seufzte und setzte fort. „Mach mit der Information was du willst, aber bitte, lass mich bei all dem aus dem Spiel. Ich möchte dir irgendwie helfen aber Giulia ist meine beste Freundin. Das würde ich nie aufs Spiel setzen. Versprich mir das, ja!?"

Marcello brauchte ein paar Sekunden um sich zu fangen. „Ich bin Fabrizio." Das war alles, was er im Moment zu sagen vermochte.

Nun schwiegen beide für einige Augenblicke.

„Ja, Linda, ich spiele hier ein verdammtes Spiel, ohne es zu wollen. Ich liebe Giulia seit Jahren und hab sie dann auf dieser dämlichen Datingplattform entdeckt. Ich habe sie schnell erkannt, sie mich aber noch immer nicht."

Nachdem Linda noch immer nichts erwiderte, setzte er fort: „Mein dortiges Synonym ist Fabrizio und sie hat sich tatsächlich in mich verliebt und das, ohne mich zu kennen. Jetzt ist meine Angst so undenkbar groß, dass meine Offenbarung ihr gegenüber alles kaputt macht. Wie groß wäre ihre Enttäuschung. Sie steigert sich von Tag zu Tag mehr hinein in unsere gemeinsame Traumwelt. Und mit jedem lieben Wort, mit all den wachsenden Gefühlen, steigert sich meine Ohnmacht. Was soll ich nur machen?! Ich habe mich ja nicht wegen ihr dort angemeldet, sondern um einfach mein Ego aufzuwerten.

Das ich sie dann dort entdeckt habe, war einfach Zufall. Sie will im wahren Leben nichts von mir wissen. Ich bin unsichtbar für Sie und wahrscheinlich ihrer überhaupt nicht würdig!"

Das war nun etwas viel des Selbstmitleides, aber Marcello nahm die Chance der Beichte mit Dankbarkeit entgegen.

„Linda, hilf mir bitte. Ich weiß nicht, wie ich da herauskomme, ohne sie zu verlieren!"

Wiederholtes Schweigen brachte die Tiefe in seine Aussagen. Linda musste das alles gedanklich sortieren und war um äußerliche Ruhe bemüht. Das sich in ihrem Körper gerade ein Dolch durch ihre Innereien bohrte, dass wollte sie fortan nur noch mit sich ausmachen. Sie liebte Marcello. Und sie würde sich weiter aufopfern. Für die Liebe ihres Lebens.

„Pass auf. Ich muss erstmal eine Weile über das Gesagte nachdenken. Wir finden sicher einen Weg. Beruhige dich erstmal und vertraue auf die Kraft der Liebe. Wenn ihr zusammen gehört, dann wird dies nur eine kleine Hürde sein und nur eine lächerliche Prüfung darstellen. Vielleicht ist es das, was ihr euern Kindern später mal als Gute-Nacht-Geschichte erzählt."

Glücklicherweise sah Marcello ihre Tränen nicht.

- 16 -
Gedanken malen Bilder

Das vertraute Geräusch der eingehenden E-Mail huschte in Giulias Gehörgänge. Sie stand in der Küche und begann sofort zu lächeln, während sie die Tomaten schnitt.

Flink wischte sie sich die nassen Hände an Rosis Schürze ab und setzte sich an den Wohnzimmertisch, auf dem ihr Laptop in akustischer Reichweite stand. Rosi lächelte ihr hinterher. „Na, ist das wieder dein geliebtes A4-Blatt!?" Giulia erwiderte ihr einen gespielt finsteren Blick und ließ die Aussage unkommentiert im Raum stehen. Beide Frauen grinsten amüsiert.

Giulia sah nur auf das Bild. Sie schloss die Augen, um sie dann ganz schnell wieder zu öffnen und diese schöne Fotografie neu zu entdecken. Was für ein schöner Rücken. Fast schon zart wirkte die Haut von Fabrizio. Verletzbar und doch so stark. Leichte Konturen seiner Muskulatur zeichneten grazile Linien. Warum kam der Bildrand nur so zeitig? Wie schön muss es sein, mit der Hand über seinen schönen Rücken zu streicheln, während sie ihm in seine braunen Augen blickte.

„Na, was schreibt dein Casanova?" Heute war Rosi ein wenig spitzzüngig. Es amüsierte sie, die verliebten Blicke ihrer Tochter zu sehen, die kurz davor war, ihren Bildschirm zu küssen.

„Mami!" kopfschüttelnd klappte Giulia den Rechner zu und gesellte sich zur Mutter in die Küche. „Was heißt hier Casanova?" sie schob sich schnell ein Stück Tomate in den Mund und hoffte auf keine weiteren Fragen.

Das Foto vor Augen träumte sie vor sich hin. Sie sah seine Schultern, die ihrem Kopf einen sanften Ort zum Anlehnen boten, seinen Rücken, der vor Vitalität strotzte ohne wie bei einem dieser aufgeblasenen Kasper für zu viel Schatten zu sorgen. Er war perfekt. Auch wenn sie dieses Wort nicht so mochte. Was ist denn schon perfekt. Und dennoch kam sie nicht umhin, diesen Fabrizio als Traummann wahrzunehmen. Ihren Traummann. Und sie war sich bei allem dennoch gewahr, dass er nur zu einem solchen mutierte, weil seine Ansichten, seine Art zu schreiben, sein liebes Wesen – das alles mit dieser wunderschönen äußeren Hülle in unsagbarer Art und Weise harmonierte.

„Mama, weiß du." begann Giulia ohne das Rosi sie dazu

ermutigt hätte. „Ich möchte dieses A4-Blatt endlich in den Händen halten, küssen, streicheln ... Jeder Tag, an dem ich ihn nicht sehe, nicht mit ihm reden kann und mit ihm durch das Leben gehe, scheint mir ein wenig verloren. Bitte lach nicht über mich. Das macht mich sauer. Ich liebe diesen Fabrizio. Kann kommen, was wolle. Ich wünsche mir, dass ihr mich unterstützt und mir dabei das Gefühl vermittelt, ernstgenommen zu werden."

Rosi blickte ihre Tochter an. „Hey, Kleines." sie nahm Giulia in den Arm „verzeih uns, wenn wir vielleicht etwas gezweifelt haben und die Zuversicht nicht mit gleicher Weise mit dir teilen konnten. Das liegt wahrscheinlich am Alter und den Erfahrungen des Lebens. Wir unterstützen dich natürlich wo wir können. Versprochen. Wir wollen nur nicht, dass dich jemand verletzt. Aber du hast recht. Woher soll man das denn wissen.

Einen Garantieschein bringt wohl niemand mit. Ich wünsche mir nichts sehnlicher, als meine Tochter glücklich zu sehen. Und dein Vater wird das genauso sehen, auch wenn sich da sicher am Anfang eine gewisse Eifersucht nicht vermeiden lässt!"

Jetzt lächelten sie sich beide an. Giulia gab ihrer Mutter einen Kuss. „Warte, ich habe ganz vergessen zu lesen." Sie lief wieder zum Küchentisch und klappte den Rechner wieder auf. Sie war vorhin so fasziniert von der Intimität des Bildes, dass die vergaß zu lesen. Rosi ließ es geschehen. Die Zubereitung des Essens war ihre Leidenschaft. Sie genoss es, ihr Kind einfach in ihrer Nähe zu haben.

Nachdem Giulia die Zeilen von Fabrizio gelesen hatte, entgegnete sie ihm mit kurzen Worten. 'Was für eine gelungene Überraschung. Ich bin dankbar und fasziniert zugleich. Mal sehen, ob ich auch so gelenkig bin und dir ein ähnliches Motiv zukommen lassen kann. Stehe aber gerade mit meiner Mama in der Küche. Das Bild kann ich also erst später machen.
Bis dann ...'

Mit einem Augenzwinkern und breitem Dauergrinsen beendete sie die Nachricht und schickte sie ihrem Fabrizio auf die Reise.

- 17 -

Leidenschaft, die Leiden schafft

Linda kauerte auf ihrem Sofa. Die Hände um ihre Knie geschlungen, starrte sie ins Nichts.

Was ihr das Leben hier abverlangte, war eine größere Bürde, als sie es anfangs dachte. Je bewusster ihr wurde, dass sie Marcello nie mehr küssen oder berühren durfte, desto enger zog sich die Schlinge um ihren Hals. Kaum noch imstande zu atmen, kämpfte sie abermals gegen ihre Tränen an.

Sie stellte sich erstmals bewusst vor, wie es wohl sein würde, wenn sie Giulia mit Marcello Hand in Hand begegnen würde. Konnte ein Mensch das aushalten? War eine Freundschaft in der Lage, so etwas zu überwinden?

Im Augenblick war da nur ein tiefer Schmerz und eine lähmende Glocke senkte sich über sie hinab.

Wie nah waren oft Glück und Vollkommenheit am Schatten der Einsamkeit gelegen.

Wenn einem das immer bewusst wäre – man würde wohl schreiend davon laufen.

Klar, ohne Schatten kein Licht – und andersherum.

Aber warum immer diese Wucht? Warum nur Berge und Täler. Wo waren die Ebenen der Beständigkeit, das friedvolle Verharren im Jetzt, das zufriedene Grasen auf der Weide des Alltages ohne die Last der zwangsläufig bevorstehenden Herausforderung. Sei es für den Auf- oder Abstieg. Wie sollte das ein Mensch auf Dauer ertragen ohne abzustumpfen? Linda wollte ihr Lächeln nicht verlieren. Sie wollte nicht in Verbitterung enden, nur weil sie sich in einem Umhang warf, der sie vor den Winden des Lebens schützen sollte.

Linda schlug auf die Couch und schrie in die Stille. Erschrocken und erleichtert zugleich, riss sie sich damit aus der Lethargie. Sie wollte nicht so enden. Sie liebte ihre Freundin und sie liebe Marcello. Beide könnte sie behalten, wenn sie darin ihre Bestimmung sah. Sie durfte wunderbare Momente teilen und auch in Freundschaft würde ihr das Gelingen.

Wie von fremder Hand geführt, sah sie die Bilder klar vor Augen. Es begann einfach eine neue Zeit. Und wenn sie sich vorstellte, ihre Giulia glücklich zu sehen, wissend auf das Pärchen zu blicken und gütig zu lächeln, dann fühlte sich das unheimlich stark an.

Linda wollte stark sein. Für sich, für Giulia und die Liebe.

'Pass auf, Marcello', begann sie zu schreiben. 'Wir finden einen Weg. Ich bringe die Kraft auf und schließe unsere Zeit fest in meinem Herzen ein. Da ich Giulia so liebe wie meine eigene Schwester, wird es für mich das Größte sein, ihr die Liebe ihres Lebens zu schenken. So hoffe ich zumindest, du bist für sie die große Liebe. Es fühlt sich wirklich gut an. Außer vielleicht für mich. Aber ich sehe das Leuchten in euer beider Augen, die Tiefe eurer Gefühle. So kann ich gar nicht anders, als möglichen Eigensinn in eine Kiste der Trauer zu packen und den Schlüssel ins Tiefe Meer zu schmeißen.

Ich kämpfe für euch. Für eure Liebe.

Ich muss vielleicht manchmal weinen, aber das wird vergehen. Ich verspreche dir, ihr werdet es nicht merken. Woher ich die Kraft gerade nehme, kann ich dir nicht sagen. Tief in mir drin weiß ich, dass auch ihr für mich da sein würdet, wenn ich eure Hilfe brauche.

Und entweder ich ende als einsame Frau mit Hund oder das Leben treibt mir eine andere Art der Liebe in die Hände. Derzeit ist das schwer vorstellbar. Es wird wohl anders sein als mit dir. Du bist meine Sommerliebe. Ein unwiederbringlicher, wunderschöner und unvergesslicher Teil meines Lebens. Danke, dass es dich gibt und ich ein klitzekleines Stück deines Lebens an deiner Seite verbringen durfte. Fortan wird es anders sein. Aber vielleicht ja dennoch an euer beider Seite.

Drücken wir uns allen fest die Daumen. Alles wird gut werden.`

Bevor sie die Melancholie ein weiteres Mal übermannte, schickte sie die Nachricht ab.

Das Handy in ihrer Hand ließ sie sich seitlich auf das Sofa sinken und gab den Tränen die Erlaubnis, sich ungehemmt den Weg über Wangen, Nase und Lippen zu bahnen.

- 18 -

Feiern für Anfänger

Die letzten Vorbereitungen waren getroffen. Rosi schaute stolz über die Veranda und lächelte zufrieden. Sie liebte es, den Geburtstag von Giulia vorzubereiten. Eine große Zweiundzwanzig thronte über all den bunten Luftballons und Girlanden.

Giulia war diese opulente Art der Feierei immer ein wenig befremdlich. Sie stand nicht gern im Mittelpunkt und wenn man ihr bewusst ihr Alter zutrug, dann machten sich eine Mischung aus Scham, Ehrfurcht und Trotz in ihr breit. Sie war gezeichnet von der Erwartungshaltung ihrer Mitmenschen.

Niemand wollte so recht verstehen und glauben, dass Giulia mit Anfang Zwanzig noch nie einen richtigen Freund hatte. Außer kleinen und zugegebenermaßen recht ekeligen Jungs-Küssen in der Schule gab es hier nichts zu berichten. Später gab es ab und an den Anflug sexueller Spielereien. Aber mehr als ein Spiel ist daraus nie geworden. Ihr Herz blieb dabei stets unberührt, auch wenn sich Männerhände ihres Körpers bedienten.

Anfangs war es nur so ein belangloses Vorhaben, sich fortan für die Liebe ihres Lebens aufzusparen. Später wuchs es mehr und mehr zu einem Selbstverständnis heran und irgendwann gab es einfach kein Zurück mehr.

Rosi hatte sich an den Gedanken gewöhnt, dass ihre Tochter nunmal etwas anders war.

Nur manchmal ertappte sie sich dabei, dass sie den inneren Wunsch hegte, ihre Giulia endlich in festen Händen zu wissen. Welche Mutter wollte das nicht? So schwer es fällt loszulassen, wenn sie dann viel zu schnell flügge werden, so sehr wünscht man sie dann in sicherer Obhut.

Aber es war wohl auch etwas egoistisch, den eigenen Wunsch so über dem Mädchen auszubreiten. Rosi respektierte das Idealbild von Giulia und mahnte sich selbst zu etwas mehr Geduld.

Giulia trat auf die Veranda, sah die vielen Luftballons und verdrehte gespielt theatralisch die Augen.

„Mensch, Mama. Peinlich!“ Sie ging zu Rosi und gab ihr einen Kuss der Dankbarkeit auf die Wange. „Es sieht toll aus. Danke. Aber heute genieße ich noch die zarten einundzwanzig und fühle mich hier draußen gar nicht angesprochen. Wer kommt denn morgen alles? Also ich habe niemanden eingeladen. Ach doch, Linda natürlich und euch beide."

Rosi erwiderte betont gelassen. „Na, wie immer, Kindchen. Oma und Opa aus Deutschland, Onkel Roberto, Tante Frieda, Louis, Fred, Lorenzo, Andrea, Gabriele und Matteo. Das war's. Und vielleicht kommt sogar meine Schwester. Sie wusste es noch nicht genau, weil sie ihren Bandscheibenvorfall noch immer nicht vollständig auskuriert hat. Und Linda hat noch eine Überraschung angekündigt. Mehr wird jetzt aber nicht verraten."

„Eine Überraschung?" Giulia lehnte am Türrahmen und drehte Haare um ihren Finger. Während sie schielend auf ihre Locken blickte, ergänzte sie „Hauptsache, kein Zauberer, oder Stripper – ich dreh' ihr den Hals um!" Kleine Grübchen zierten ihre zarten Wangen und in diesem Moment stand da Rosis kleines Mädchen, was noch gar nicht so recht erwachsen sein wollte.

„Linda wird schon wissen, womit sie dir eine Freude macht und was sie im Gegensatz in Gefahr bringen würde." Rosi lachte herzlich und sah ihre Tochter aus leuchtenden Augen an. „Was würdest du dir denn für eine Überraschung wünschen?“, fragte sie hinzufügend.

„Ach, ich weiß auch nicht. Vielleicht ein Zelt, worin ich mich mit ihr verkriechen kann, um mit der Taschenlampe an die Decke zu leuchten und bis tief in die Nacht über das Leben zu philosophieren.“

„Verstehe“, war die Antwort von Rosi. „Sicher macht sie dir eine kleine Freude. Ich hätte es gar nicht verraten sollen.

Erwartungen sind manchmal gemein und spielen ungewollte Streiche. Lassen wir den Tag einfach so passieren und uns über die Menschen freuen, die ihn mit uns teilen!“

Giulia nickte und erwiderte. „Ich werde mich dann mal in mein Zimmer verkrümeln und vielleicht noch etwas lesen – solange, bis mir die Augen zufallen. Bis morgen, Mama.“ Sie gab Rosi einen Kuss und verschwand im Haus.

- 19 -

Zweiundzwanzig

Während sie mit den Füßen Kreise in die Luft malte, starrte Giulia an ihre Zimmerdecke.

Morgen würde ihr Geburtstag sein und ein weiterer Tag vergehen, ohne dass sie Fabrizio getroffen hat. Wie schön musste es sein, einen solchen Tag mit dem geliebten Mann an der Seite zu begehen. Hand in Hand die Gäste zu begrüßen, sich unzählige Male am Tag zu küssen und sich einfach beieinander zu wissen. Langsam wandelte sich die Sehnsucht in Ungeduld und diese bisweilen in Trübsal.

Zum ersten Mal spürte Giulia so etwas wie Einsamkeit. Bei all der Liebe die sie tagtäglich durch ihr Elternhaus erfuhr, fehlte ihr die Geborgenheit, Zärtlichkeit und Hingabe, die ihr nur ein Mann zu geben vermochte und die sie nur in dessen Armen fand. Die Zahl Zweiundzwanzig sollte ihre Glückszahl werden.

Dieses Jahr würde ihr Jahr werden.

Sie sprang mit einem beherzten Schwung auf und fühlte sich bereit es mit der Geburtstagsgesellschaft und den gewiss bohrenden Fragen aufzunehmen.

Sie schaltete den Rechner an und startete die Dating-App. Dieses Kapitel sollte fortan geschlossen sein. So irrwitzig sie es inzwischen empfand sich hier je angemeldet zu haben, so dankbar war sie ihrer Linda für diesen Schubs in bis dato unbekanntes Terrain.

Nie wäre sie sonst ihrem Fabrizio begegnet. So boten die Scham über ihr anmelden und die Dankbarkeit ein Wechselbad der Gefühle. Ihm aber sollte mit dem heutigen Tage der Stöpsel gezogen werden und Giulia wollte das neue Lebensjahr ausschließlich in der Realität beginnen – und wenn träumen, dann gemeinsam unter dem Sternenhimmel, unter der Bettdecke, auf der Lieblingsbank, vor dem Fernseher – egal wo, Hauptsache im wahren Leben.

Die virtuelle Welt passte nicht so recht zu den sonstigen Idealen von Giulia.

'Hallo Fabrizio', begann sie. 'Mit dem Abmelden von dem Portal unseres Kennenlernens tauche ich bewusst in die ganz reale Welt ein. Zurück in mein Leben. Und so möchte ich unser Schreiben nicht abrupt beenden, wir können uns natürlich noch solange schreiben, wie wir es beide wollen. Ich spüre nur, dass ich des Träumens leid bin und so langsam reale Materie in den Händen halten möchte. Ewig zu träumen macht müde.

Zumindest ertappe ich mich dabei.

Ich möchte nicht ungeduldig erscheinen. Aber – doch ja, ich bin es! Mir ist ganz mulmig zumute, wenn ich an unser erstes Treffen denke. Doch es muss nun sein. Alles bis hierher Gewesene war traumhaft schön. Keine Stunde das Wartens auf deine Nachrichten, keine Zeit der Träumerei will ich je missen. Nun ist es jedoch an der Zeit, die Realität anzunehmen, bereit zu sein, auf das was kommt und damit der Wahrheit buchstäblich ins Auge zu blicken.

Ich freue mich auf unser Kennenlernen, lieber Fabrizio. Wir bekommen das schon hin. Das was uns niemand nehmen wird, ist all das bisher Geschehene. Und das erfüllt mich mit tiefster Dankbarkeit und gibt mir die nötige Zuversicht. Ich umarme dich. Deine Giulia.'

Ohne weiteres Zögern versendete sie die Mail. Der Anfang wäre geschafft – nun sollte die Kür folgen ...

Giulia spürte, dass ihr die Euphorie abhanden kam. So sehr sie sich die Liebe in der Realität wünschte, so gern hätte sie, dass dieser Traum – diese Illusion mit Fabrizio – niemals endete. Was, wenn sie ihn einfach hier in dem Computer einschließt? Keiner würde ihr diese Zeit jemals nehmen. Keine Ernüchterung. Kein Verlust. Als Sprungbrett der Gefühle könnte Fabrizio das Puzzleteil für die leibhaftige Liebe gewesen sein.

Aber nein – wie absurd dieser Gedanke war. Wenn Giulia vieles war – berechnend war sie nicht. Und was würde denn aus Fabrizio werden? Sie würde ihm das Herz brechen. Er war so lieb zu ihr.

War Angst ihr Berater? Angst vor der Realität? Konnte Angst die Neugier besiegen und alles Dagewesene in die ewige Traumwelt verbannen ...?

- 20 -
Geburtstag zu dritt

„Happy Birthday, meine Kleine." Rosi saß am Bettrand von Giulia und streichelte ihr durchs Haar.

Sie war unter der Schwere der Lider noch nicht bereit die Augen zu Öffnen. Ein zufriedenes Schmunzeln zeichnete sich jedoch über das Gesicht. Giulia liebte es, an ihrem Geburtstag so geweckt zu werden.

Durch die offene Tür drang der Duft von Kaffee und Kerzenschein. Ein Kuss legte sich sanft auf ihre Stirn. „Alles Gute zum Geburtstag, meine Prinzessin. Ich wünsche dir alles Glück der Welt, ein aufregendes neues Lebensjahr voller magischer Momente, Liebe, Erfüllung, Zufriedenheit, Herzklopfen, Erfolg – und das alles bei bester Gesundheit. Wir lieben dich über alles auf der Welt!"

Rosi hatte Tränen in den Augen, so sehr war sie selbst gerührt. Da lag ihr Baby. Eine wunderschöne Frau. Es war der leibhaftige Beweis für das vorbei rauschende Leben. Voller Respekt, Dankbarkeit und mit einer gewissen Portion Wehmut wurde ihr das, in einem Moment wie diesem, wieder bewusst.

Manchmal wünschte Rosi, dass Giulias leiblicher Vater sehen könnte, was sie da gemeinsam zustande gebracht haben. Sie selber kannte nur noch seinen Vornamen. Roberto – ihr Spiel mit der Hitze des Sommers in Italien. Was damals aus einem Feuerwerk der Gefühle gezeugt wurde, war der Inbegriff bedingungsloser Liebe. Ihr Kind. Giulias Vater wusste bis heute nicht, dass aus den Nächten in Bardolino eine wunderbare Tochter entsprungen war. Jedes Jahr war sie in ihren jungen Jahren an den Gardasee gefahren. Das Weinfest, die wunderschöne Natur und die Lebensart zogen sie schon damals in ihren Bann.

Rosi wollte daran nichts ändern, dass es schlussendlich in einer der duftenden Sommernächte geschah und der leibliche Vater in der Anonymität verschwand.

Genauso wenig, wie Giulia selbst. Sandrino war der Vater ihrer Tochter und kein Roberto dieser Welt würde je etwas daran ändern.

Giulia öffnete die Augen und strahlte ihre Mama voller Liebe an. Ohne ein Wort zu sagen, nahm sie Rosi in den Arm und drückte sie lange und voller Hingabe. Rosis Geruch war so vertraut. Die zwei zierlichen

Körper hielten sich eng umschlungen und kosteten diesen besonderen Mama-Tochter-Moment aus.

„Na ihr zwei. Darf ich nun auch mal meinem Engel zum Geburtstag gratulieren!?“ Sandrino stand in der Tür und lächelte amüsiert. Wie zwei verliebte Teenager schauten die beiden Frauen zu ihm auf. Er setzte sich zu Ihnen und nahm sie einfach beide in den Arm. „Ihr seid mein größtes Glück. Alles Liebe, meine Große.“ Er küsste Giulia und Rosi ins Haar. Der Raum war erfüllt von Liebe und die kleine Familie zu einem großen Herz verschmolzen.

Mit einem kräftigen Pusten gelang es Giulia, die Kerzen auf der Geburtstagstorte mit dem ersten Versuch auszublasen. „So langsam wird's aber eng. Es werden ganz schön viele Kerzen!“ stellte sie fröhlich fest. „Danke, danke, danke. Einfach danke für alles. Danke dafür, dass es euch gibt!“

Heute stand die große Geburtstagsfeier bevor. Drei Straßen weiter wuchs die Aufregung vor diesem Ereignis in mindestens gleichem Ausmaße. Marcello wusste um die Bedeutung dieses Tages.

Linda hatte ihm offeriert, dass er als begnadeter Gitarrist zum Geburtstag von Giulia den Überraschungspart spielen sollte. Sie wollte damit das persönliche Aufeinandertreffen forcieren und die beiden verirrten Seelen, mit ein wenig Nachhilfe, zusammenführen. Für Marcello bedeutete das eine schlaflose Nacht.

Ihm wurde die Distanz zu Giulia deutlich, denn er würde als Fremder vor ihr sitzen, schlimmstenfalls nicht den Hauch einer Beachtung finden, sondern lediglich seiner Rolle als gebuchter Musiker gerecht werden, während sie mit ihren Freundinnen lachte und Geschenke auspackte.

So oder ähnlich spielten sich nun schon Stunden immer die gleichen Szenen vor seinem geistigen Auge ab. Er an der Gitarre, Giulia im wunderschönen rosafarbenen Kleid, mit einem wunderschönen Lachen – doch ihre Augen blieben nicht an ihm haften.

Marcello band sich die Fliege um den Hals und diese schnürte nun noch zusätzlich den Atem ab.

Das Klingeln seines Handys riss ihn aus seinen Tagträumen. „Alles ok?" hörte er Linda fragen. „Sei einfach du selbst, hörst du. Spiele einfach nur für Giulia und vertraue dem Schicksal. Es führt zusammen, was zusammen gehört. Und entweder ist sie vollkommen blind oder sie wird dich heute zum ersten Mal sehen.

Wirklich sehen. Ich wünsche es euch von Herzen. Und wenn es heute nicht klappt, dann beim nächsten Mal. Was kann also schon passieren!?" Linda wartete auf eine Reaktion.

„Ich bin ok. Stimme mich und die Gitarre auf den großen Moment ein. Mir ist ein bisschen schlecht. Aber ansonsten alles prima. Danke, Linda – ich weiß das alles sehr zu schätzen!" gab er ihr zu verstehen.

„Ich bin dann 15 Uhr bei dir. Du schaffst das! Ciao."

Als Stunden später das Auto von Linda das Haus von Marcello erreichte, stand er schon abfahrbereit auf der Veranda. Schwarze Leinenhosen, ein schneeweißes Hemd, Hosenträger und edel dekoriert mit einer schwarzen Fliege. Linda musste sich kurz sammeln um jetzt nicht das Steuer herumzureißen und das Projekt an dieser Stelle abzubrechen. Warum musste er auch nur so verdammt gut aussehen.

„Na, du willst sie wohl gleich heute heiraten?" rief sie aus dem geöffneten Autofenster. „Komm, steig ein, Casanova!"

Mit gespielter Coolness nahm sie das perfekt inszenierte Häufchen Elend in Empfang. Marcello legte die Gitarre auf die Rücksitzbank und nahm auf dem Beifahrersitz platz.

„Linda, was machen wir hier nur? Ich glaube, ich habe das Gitarrenspielen vergessen und alle bisher gekannten Lieder. Das war eine scheiß Idee!“ Marcellos Feststellung verdampfte wirkungslos in der italienischen Nachmittagssonne.

„Jetzt sei ein Mann. Heute ist dein Tag. Gut siehst du aus. Viel zu gut! Und nun komm. Oder soll das nun bis zur Rente mit euch so weitergehen?!“

Ohne eine Antwort abzuwarten startete sie den Motor.

Am Haus von Giulia angekommen stand sie da. Giulia. Als Marcello sie in einem rosafarbenen Kleid winkend auf der Treppe stehen sah, dachte er kurz an eine Fata Morgana.

Nahezu identisch mit seinen heutigen Tagträumen stand sie nun leibhaftig vor ihm. Die zwei Freundinnen hielten sich längst im Arm und er hörte ihr Gelächter. Sich kurz sammelnd und die Augen schließend öffnete er beherzt die Autotür und verließ nun auch das Fahrzeug.

„Und diesen jungen Mann habe ich dir heute als Überraschung mitgebracht!“ Noch bevor Giulia falsche Rückschlüsse ziehen konnte, fügte sie hinzu. „Er wird uns heute musikalisch durch den Nachmittag führen.

Du kennst ihn ja sicher. Marcello ist ein begnadeter Gitarrist."

„Ciao, Marcello", Giulia hielt freundlich ihre Hand hin. „Natürlich kennen wir uns. Oder gibt es hier im Ort jemanden, den man nicht kennt?" amüsiert nahm sie den Handschlag von Marcello entgegen. „Na dann kommt mal mit rein."

Für Marcello war die Berührung so besonders. Die zarte kleine Hand zu spüren und ihren Blick für einen Bruchteil einer Sekunde vernehmend, entfachte allein diese Begrüßung ein Feuerwerk in ihm. Die zwei jungen Frauen hingegen eilten bereits ins Haus und er war im Begriff, den Anschluss zu verlieren.

Langsam folgte er beiden auf die Terrasse, vorbei an Girlanden, Luftballons und einer riesigen, rosafarbenen Zweiundzwanzig.

Marcello bewunderte wiederholt die Stärke von Linda. Er konnte sich nicht erinnern, sich jemals in seinem Leben schon so schwach gefühlt zu haben. Schwach und auch ein bisschen fehl am Platz.

Mit ungläubigem Gesichtsausdruck betrat er das Haus.

- 21 -

Alles auf eine Karte

Giulia hatte sich auf die Toilette geflüchtet und schaute wiederholt auf ihr Handy. Ihre gute Laune drohte sich einzutrüben. Noch immer hatte sie keine Nachricht von Fabrizio. Enttäuschung, Sorge und unsagbare Traurigkeit legten einen Schatten über den Frohsinn des heutigen Tages.

Immer wieder sagte sie zu sich, dass er für ihren Geburtstag sicher eine ganz besondere Überraschung vorbereitete. Aber was konnte er denn tun? Gefangen in ihrem Computer!?

Vielleicht bekommt sie heute noch eine Ganzkörperaufnahme von ihm und damit des Rätsels Lösung. Das wiederum bereitete ihr abermals Unbehagen. Wieder ertappte sie sich, dass sie das Rätsels Lösung immer weniger wissen wollte.

Aber Giulia hatte keine Zeit sich diesen Gedanken weiter hinzugeben. Nein – sie hatte keine Lust. Dieses ewige Denken zermürbte. Sie wollte nicht ein Leben lang träumen, denken, zweifeln – sie wollte endlich wieder das Leben in vollen Zügen inhalieren. Und heute hatte sie Geburtstag. Das Band zwischen ihr und Fabrizio war so lange zum Bersten gespannt – es drohte, der ganzen Last Tribut zu zollen.

Indes standen sich Marcello und Linda in der Küche gegenüber. Linda war im Begriff, die letzten Instruktionen zu geben und kam sich inzwischen schon wie ein Mental-Coach vor. Marcello stand wie ein Schuljunge vor ihr und sie schmierte ihm die Pausenbrote.

„So. Und nun höre auf zu zweifeln. Das bringt jetzt überhaupt nichts. Glaube fest daran, dass zusammen kommt, was zusammen gehört!“ Sie gab ihm einen Kuss auf die Wange. „Hab keine Angst!“ fuhr sie fort. „Sie will keinen Fabrizio – sie will nur Dich! Sie braucht das wahre Leben! Pass bitte auf sie auf! Ich werde ein paar Tränen vergießen, denn ich liebe Dich. Aber weil ich dich liebe, wünsche ich Dir und Deiner Giulia alles Glück dieser Welt.“

Sie musste sich kurz sammeln und sagte mit fester Stimme. „Ich werde an eurer Seite weilen und mich an eurem Glück erfreuen. Das mag jetzt komisch klingen und noch schmerzt es sehr. Aber es erfüllt gleichwohl mein Herz, wenn ich ein Baustein zu dem Glück zweier Menschen darstellen darf, die ich beide von Herzen liebe. Das Leben wird mir helfen und vielleicht lässt sich so ein Herz so pflegen, dass es irgendwann ein weiteres Mal solch eine Liebe zulässt. Bis dahin schließe ich unsere Zeit fest darin ein.

Und nun los! Da draußen wartet dein Mädchen auf dich!"

Marcello öffnete zaghaft die Tür und sofort drangen die zahlreichen Stimmen in seine Gehörgänge. Es dauerte nur wenige Augenblicke und schon hatte er Giulia entdeckt. Sie weilte mit ihrer Mama zusammen und beide liebkosten einen kleinen Hund, der ihnen rücklings sein Bäuchlein zustreckte und wohl insgeheim hoffte, dass diese Streicheleinheiten niemals wieder enden werden.

Mit einem Lächeln im Gesicht begab sich Marcello an seinen Platz. Mit leisen Tönen begann er auf seiner Gitarre zu spielen. Nach und nach gewannen die Töne an Kraft und erreichten die Gehörgänge der Gäste. So stand er kurzerhand im Mittelpunkt des Geschehens und blickte auch Giulia für einen Bruchteil einer Sekunde in die Augen. Wieder war da nur dieses freundliche und unverbindliche Lächeln von ihr, welches ihn, genauso wie die unzähligen Male davor, trafen. Sicher wurde es allen anderen Gästen gleichermaßen zuteil. Warum nahm sie ihn denn nicht als Mann war? Wonach suchte sie denn?

Marcello spürte seine Enttäuschung und schon jetzt wäre er am liebsten auf und davon.

- 22 -

Der Tag danach

Linda saß mit Giulia auf den Treppenstufen der Veranda. Beide gaben sich ihren Gedanken hin. Während Linda urplötzlich von aufsteigenden Tränen übermannt wurde, lächelte ihre beste Freundin verträumt vor sich hin.

Sie waren so in ihrer eigenen kleinen Gedankenwelt versunken, dass der jeweils andere Gemütszustand vorerst unbemerkt blieb. Sogar, als sich eine besonders hartnäckige Träne endlich den Weg über Lindas Wange bahnte, bekam Giulia davon nichts mit.
So vergingen einige Minuten.

„Wie fandest du Marcello?“ Linda hatte sich gefangen und durchbrach die Stille. Giulia war augenscheinlich nur widerspenstig bereit, sich aus ihrer Traumwelt führen zu lassen und ließ sich mit der Antwort Zeit. „Ein netter Kerl. Der war toll!“ erwiderte sie endlich.

„Er kann super Gitarre spielen. Danke Linda. Das war ein wunderschöner Geburtstag. Danke, dass du das alles organisiert hast. Du bist die beste Freundin, die man sich wünschen kann.“

Die Antwort befriedigte Linda keineswegs. Das ewige Lächeln auf Giulias Lippen deutete auf viel mehr als nur `nett´ hin, aber es dürfte zu auffällig sein, wenn Linda zu sehr bohrte. Dennoch wollte sie noch nicht locker lassen. „Und so als Typ? Wie gefällt er dir?"

„Wer?" Giulia war schon wieder ganz woanders. Das brachte bei Linda nur noch ein tiefes Atmen hervor. Sie wollte es dabei bewenden lassen. Es war wohl nicht der richtige Zeitpunkt.

„Ich würde mich erstmal frisch machen. Wenn du magst, komme ich nachher wieder und wir laufen mal ein Stück. Hast du Lust? Linda blickte ihre Freundin fragend an und fuhr sich nervös durch die Haare. „Ja, gern. Ich bin dabei!" erwiderte Giulia mit einem Lächeln. Sie blickte Linda dabei aufrichtig und nun auch mit ihrer ganzen Aufmerksamkeit an. „Ist alles ok mit dir?" fragte sie. „Du bist seit gestern so angespannt?!"

„Lass uns gern nachher weiter reden. Ich muss erstmal los." Linda küsste Giulia auf die Wange und floh aus dieser für sie bedrückenden Situation.

Sie lief los und spürte die fragenden Blicke von Giulia in ihrem Rücken. Wieder kämpfte sie mit den Tränen.

Sie brauchte endlich Klarheit. Gab es eine Zukunft für die Beiden? Quälte sie sich vielleicht umsonst? Was, wenn es nur eine virtuelle Freundschaft war, getarnt als Liebe. So schön unverbindlich, so schön anonym.

Marcello schien im wahren Leben nicht zu Giulia vorzudringen. Aber das verträumte Lächeln von Giulia war augenscheinlich. Sie würde heute Nachmittag tiefer in die Gefühlswelt ihrer Freundin vordringen.

- 23 -
Sag, was ist Liebe

Die zwei Frauen liefen nun schon seit etwa zehn Minuten und es war ganz still. Eine gleiche betretene Stille, wie sie schon am Vormittag beide umgab. Giulia war etwas unheimlich zumute, denn so kannte sie Linda nicht. Nie würde sie eine solche Wegstrecke zurücklegen ohne Giulia mit allerlei Neuigkeiten, Lebensweisheiten und ihrem ansteckenden Lachen zu versorgen.

Linda hatte Giulia an die Hand genommen und war losgelaufen. Während Giulia versuchte zu ergründen, wohin sie der Weg führen würde, musterte sie ihre Freundin. Sie sah ernst und entschlossen aus, aber auch sanftmütig. Nachdenkliche Augen weckten Giulias Neugierde, aber sie wollte es geschehen lassen und gab sich dem Vorhaben von Linda ohne nerviges Fragen hin.

Die Bank... der Freundinnen. Hier wollte Linda alles erzählen ... damit würde sie alles auf eine Karte setzen. Das Vertrauen von Marcello wäre zerstört. Aber nur so konnte sie ihr Herz befreien und beide schlussendlich in ihr Glück führen.

Giulia durchbrach jedoch zuerst die Stille. „Du kennst doch Fabio!? Den Freund von Fred. Der mit auf meiner Geburtstagsfeier war?!

Ich sag ja, ich vertrage nichts." sprach sie ohne Pause weiter. „Ich habe mit ihm getanzt und mit ihm gelacht. So ein bisschen hatte ich anfangs das Gefühl, dass es mein Fabrizio ist. Klingt ja auch fast, wie dessen Spitzname.

Der hat sich übrigens bis heute nicht gemeldet. Aber sei es drum. Ich habe gespürt, wie wertvoll das Leben ist, das Jetzt. Träumereien machen Spaß, aber sie sind wohl nur so lange schön, wie man sie träumen kann. Keine Illusion ist so viel wert wie das Sein. Vielleicht hat mir mein Fabrizio geholfen. Nein, nicht vielleicht – ganz gewiss.

Er hat in mir die Sehnsucht geweckt.

Linda, kannst du dir das vorstellen? Ich möchte Fabrizio nicht mehr kennenlernen. Kneif mich, lach mich aus, beschimpf mich. Es wird nichts mehr daran ändern.

Verdammt, ja! Es ist so! Ich erkenne mich ja selber nicht wieder. Wie naiv und oberflächlich ich mir vorkomme. Ich habe euch alle verrückt gemacht. Fabrizio hier, A4-Blatt dort. Die große Liebe?! Was soll das sein?"

War das Giulia, die dort sprach? Linda hätte sich gerne die Augen ungläubig gewischt. Was war denn auf einmal passiert?

„Willst du mich jetzt auf den Arm nehmen?“ fragte sie unverblümt. „Giulia – was erzählst du hier? Ich werde gerade nicht schlau aus dir!“ fügte Linda hinzu.

Giulia ließ sich nicht beirren. „Ich habe mich kennengelernt und erstmals die Liebe und ein gewisses Verlangen kennenlernen dürfen. Ja, dieser Fabrizio war mein Schlüssel. Schade, dass ich ihn nie getroffen habe. Aber vielleicht möchte ich das gar nicht mehr. Ich möchte, dass er immer das bleibt, was er ist.
Mein geliebtes A4-Blatt. So ein bisschen Sommerliebe. Ein Gefühl, welches mich immer an diesen einen Sommer erinnern wird.“

Linda wusste genau, wovon sie sprach und ihre Wangen wurden heiß. Solche Geschichten dachte sich nur das Leben aus.

„Ich werde mich von ihm lösen.“, setzte Giulia fort. „Am besten noch heute. Das wird mir schwer fallen, denn es legt einen gewissen Schatten auf das, was wir bis hier hatten. Es war für mich ein Zufluchtsort, fern von dieser Welt. Ich wollte das so! Einfach rein in die Träumerei, ganz ohne Druck und Zwang.

Bevor es nun zu einer endgültigen Seifenblase mutiert, erhalte ich uns beiden den Zauber der Ungewissheit und Unvollkommenheit." Giulia war froh über das Gesagte. Die Rechtfertigung vor Linda, war eine Hommage an sich selbst. In dem Moment, in dem sie ihren eigenen Worten lauschte, war ihr bewusst, dass sie den für sich besten Weg einschlagen würde.

„Aber nun sag mir endlich, was dich bedrückt. Warum hast du mich so plötzlich entführt?"

Der fragende Blick von Giulia richtete sich bohrend auf ihre Freundin. Linda wich ihrem Blick aus.
„Ich weiß nicht, ich wollte einfach nur weg."

Linda brachte es nicht über das Herz, das Geheimnis zu Lüften. Das Schicksal schien hier eine Wendung vorzusehen, an welche nicht in den kühnsten Träumen zu denken war.

Warum Giulia nachträglich in Kummer stürzen und diese tiefe Freundschaft auf die Probe zu stellen. Sicher würden die beiden Freundinnen es überstehen. Dennoch genoss sie die glitzernden Augen von Giulia und wollte sich nicht das Recht herausnehmen, Ihnen sogleich wieder den Glanz zu nehmen.

Vielleicht musste es einfach dieses Geheimnis geben, welches fest verschlossen ein wichtiges Puzzleteil hin zum großen Gebilde des Glückes von Giulia war.

„Jetzt erzähl mir mehr! Muss ich dir denn alles aus der Nase ziehen!?“ Linda wollte wissen, was passiert war. Was hatte sie verpasst? Gefühlt war das gestern noch der Himmel voller rosaroter Fabrizio-Wolken und heute war das scheinbar nichts mehr wert? Es fühlte sich etwas befremdlich an, als beste Freundin anscheinend den Faden des Geschehens aus dem Auge verloren zu haben.

„Naja – wie gesagt. Wir standen auf einmal nebeneinander. Eigentlich war mir überhaupt nicht nach Konversation zumute. Fabrizio hatte sich den ganzen Abend nicht gemeldet.

Und das nun ausgerechnet an meinem Geburtstag. Und auf einmal stand dieser Fabio da. Weißt du, Linda – seine Augen, sein Lächeln, die Zähne, der Mund … Linda, das war so unbeschreiblich. Weißt du, so ein bisschen war das der leibhaftig gewordene Fabrizio.

Und dann noch diese Namensähnlichkeit. Wie auch immer!"

Giulia musste kurz ihre Gedanken sortieren und fuhr dann fort. „Ob das nun so sein sollte, keine Ahnung! Doch ich habe mein Herz gespürt. Und das ganz wahr und leibhaftig. Ich wollte, dass er jetzt einfach, für immer, bei mir stehen bleibt!"

Entschuldigend blickte sie zu Linda. „Ich komme mir wie ein kleines Kind vor. So gewöhnlich, so unglaublich unglaubhaft. Heule dir wochenlang was von Fabrizio vor und dann steht da ein Typ vor mir und ich mache hier einen auf 'Titanic'. Peinlich." Giulia vergrub ihr Gesicht unter ihren Händen.

Linda musste erstmal durchatmen und das hier Gesagte verarbeiten. Was bitte wollte ihr das Leben damit sagen? War das alles nur ein Test? Wie viele Wendungen soll denn ihr Herz hier noch ertragen?

„Ach Giulia, ich freue mich ja für dich. Aber das kommt jetzt ein bisschen plötzlich. Ich kann das gerade noch gar nicht glauben.

Heißt das jetzt, da gibt es ab sofort keinen Fabrizio mehr? Ich komme da gerade nicht mit. Ich will mich ja freuen, ehrlich. Aber das ist jetzt ein bisschen viel."

„Ich weiß." Giulia war sichtlich betreten. All ihre Tugenden schienen sich in Luft aufzulösen. Sie stand nun vor ihrer besten Freundin da, wie so eine pubertierende Göre, die nicht wusste, was sie von sich und ihrem Leben wollte. Aber das war es nicht. Im Gegenteil. Fabrizio war der Schlüssel. Er hat ihr gezeigt, was Liebe ist. Oder doch zumindest, was es heißt, sich zu öffnen. Ein Gefühlskarussell, getarnt als Liebe. Dabei war es nur dieser Gefühlsmix aus erstmaliger Offenbarung, die Neugier, die Sehnsucht – all das hatten ihr das Gefühl vermittelt zu lieben.

Was Liebe ist – wer weiß das schon. Vielleicht war Giulia wirklich verrückt. Dennoch konnte sie nicht anders, als Fabio in jedem Augenblick zu vermissen. Seit gestern stand ihr Herz in Flammen. Sie konnte nicht schlafen, sie konnte nichts essen. Begründen konnte sie das alles nicht. Aber musste man denn immer alles begründen? Es fühlt sich gut an. Herz und Verstand applaudierten ihr und endlich war sie im wahren Leben glücklich. Raus aus der Gefangenschaft aus Sehnsucht, Hoffnungen und Illusionen.

„Ach Linda. Ich hoffe, du verstehst mich irgendwann und bist mir nicht böse. Gegen Gefühle kann man wohl nichts machen. So absurd das Verhalten zu sein scheint. Wer weiß, ob, wie und was da jetzt weiter daraus wird. Ich weiß es einfach nicht. Aber eines weiß ich mit Sicherheit: Ich möchte ab jetzt die Liebe zum Anfassen. Live und wahrhaftig!“

\- 24 -

Alles auf Anfang

'Liebe Linda. Ich weiß gar nicht, wie ich es beginnen soll. Nun habe ich einige Zeit üben können – dieses Schreiben. Aber das heute ist schon etwas ganz anderes. Seit du mir gezeigt hast, was Liebe ist, bin ich wie versteinert. Ehrfürchtig vor deiner Kraft, voller Respekt vor deiner bedingungslosen Hingabe.

Jede Minute, die wir verbracht haben, war so voller Vollkommenheit, aber ich fand sie störend, weil sie mir den Weg zu Giulia zu versperren drohten. Ich Idiot habe dabei gar nicht bemerkt, dass ich das Glück dieser Welt in meinen Händen hielt. Linda, ich liebe Dich! Und ich möchte nur dich. Wie blöd bin ich gewesen, dass ich das erst jetzt begriffen habe. Ich könnte mich ohrfeigen, weil du wegen mir weinen musstest. Bitte bleib bei mir. Ich möchte dein Marcello sein. Dein Mann fürs Leben!' Marcello atmete die Anspannung mit einem tiefen Seufzer weg.

Er hoffte inständig, dass Linda ihm glauben würde. Tatsächlich war seine Giulia in den letzten Tagen zu einer Seifenblase mutiert. Sie war in Stille zerplatzt. Er spürte dennoch eine tiefe Dankbarkeit für all das, was da in den Tiefen seiner Gefühlswelt tobte.

Die vergangenen Wochen brachten die Lebensfreude zurück und das Leben avancierte zu einer Seifenoper. Wie konnte er ahnen, dass er nochmal die Wucht der Liebe erfahren durfte. Getarnt als Giulia, kam die Liebe seines Lebens namens Linda in sein Leben. Er wollte alles dafür tun, dass er dieses Glück nie mehr auf Spiel setzte.

Aufgeregt lief er hin und her. Er spürte die Verletzbarkeit und nahm sie dankend in Kauf.
Er vertraute einfach dem Schicksal.

Wenn es ihn bis hier gebracht hatte, dann sicher nicht ohne Grund, sondern um gestärkt mit der Lektion seines bisherigen Lebens weiter durch das selbige zu gehen.

Immer wieder las er seine Zeilen, die er an Linda richten wollten. Hoffentlich hatte er nicht schon alles kaputt gemacht. Sie musste sich vorkommen, wie der letzte Notnagel.

Bei all seinen Überlegungen hatte er Giulia am wenigsten bedacht. Die Frau, für die er noch vor wenigen Tagen durchs Feuer gerannt wäre. Nur noch mit seiner selbst beschäftigt und im Vollbad des eigenen Mitleids versunken, hatte er diese Frau kurzerhand ins Abseits gestellt.

So hatte er ihr – als sein vermeintlicher Synonym 'Fabrizio' – auch noch nicht zum Geburtstag gratuliert. Es war an der Zeit, ihr die Wahrheit zu sagen.

Wenn es einen Weg aus all dem Schlamassel geben konnte, dann nur den festen Pfad der Wahrheit. Mit Ausflüchten, Ängsten, Egoismus zugewachsen, war der weitere Lebensweg nur mit dem Schwert der Wahrheit wieder freizubekommen. Es ist nicht immer der schönste und bequemste Weg, der uns am Ende zum Ziel und uns den inneren Frieden bringt – und die Versöhnung mit seiner selbst und der Vergangenheit.

- 25 -

Der erste Kuss

Fabio saß schon eine Weile in seinem roten Cabrio und starrte auf die Haustür. Gleich würde Giulia durch diese hindurch schreiten und die Veranda mit ihrem Strahlen erfüllen.

Seitdem ihn Fred zu der Geburtstagsfeier geschleppt hatte, war nichts mehr, wie es einmal war. Seitdem er Giulia, das Geburtstagskind, erblickt hatte, schwebten seine Füße drei Zentimeter über dem Erdboden. Diese Augen, so klar und rein.

Niemals hätte er geglaubt, dass ihm so etwas passiert. Da stand eine Frau, – engelsgleich – und starrte ihn, Fabio Castello, mit einem endlosen Blick an. Sowas gab es nur in Filmen. Bis jetzt. Denn heute wollte sie mit ihm nach Bardolino fahren. Er musste sich um die Hotelgäste seiner kleinen Finca kümmern. Und Giulia hatte sofort vorgeschlagen, einfach mitzufahren. Sie war so unkompliziert. In ihrer Nähe schien das Leben so leicht.

Giulia trat aus der Tür und sah den kleinen roten Flitzer. Viel wichtiger war der Inhalt. Fabio sprang sofort aus der Tür und ging ein paar Meter auf Giulia zu. Ihre Lippen trafen sich und sie küssten sich. Immer wieder berührten sich ihre Münder als sollte jeder weitere Kuss, die Wahrhaftigkeit des vorangegangenen bestätigen. Dies hier war kein Traum. Das war Fabio Castello, der die wohl schönste Frau dieses Planeten in den Händen hielt. Als sich auch noch ihre Zungenspitze in zaghafter Manier zwischen seine Lippen hindurch drückte, konnte Fabio nur noch die Augen schließen und den Moment für alle Ewigkeit einfangen …

Noch vor wenigen Tagen war Fabio nur als Begleitung auf Giulias Geburtstagsfeier gelandet. Wer konnte ahnen, dass es sein Leben auf so bedeutende Weise in eine neue Richtung lenken würde. Noch während der Gitarrenspieler eine Ballade nach der anderen abfeuerte, trafen sich ihre Blicke. Für Fabio gab es fortan nur noch diese Frau. Solch ein Wesen war ihm vorab noch nie begegnet. Sie war nicht nur so unsagbar schön, sondern mit einer unbekümmerten Leichtigkeit und Freundlichkeit ausgestattet, dass es nahezu unwirklich erschien.

Als dann der Gitarrist in seinen wohlverdienten Feierabend ging, spielte Giulia ihre Lieblingsmusik. Und dann geschah das Unfassbare. Sie kam auf Fabio zu und zog ihn auf die Tanzfläche. „Ist das ok?“ fragte sie nur und lachte. Es war aber keineswegs überheblich. Vielmehr war sie wohl selbst von sich überrascht. Anfangs noch etwas hölzerne Bewegungen gingen in einen rhythmischen Tanz über. Die sanften elektronischen Beats gingen dankbar in die Beine.

„Und du bist also der Freund von Fred?“ begann Giulia die Konversation. Ohne eine Antwort abzuwarten, sprach sie weiter.

„Schön, dass er dich mitgenommen hat!“ Diesmal war ihr Lächeln mit einer Brise Ironie ausgestattet und auch die Seite gefiel ihm an ihr. „Ja, ich bin auch froh!“ erwiderte Fabio. „Offensichtlich die beste Idee, die er je hatte!“

Fabio war von sportlicher Statur. Er hatte diese Mischung aus einem kleinen Spießer und einem Casanova. Sein braunes, gescheiteltes Haar verlieh ihm etwas Liebes. Giulia mochte seine starke Brust, die sich unter seinem schwarzen Hemd abzeichnete.

„Ich muss mich jetzt erstmal wieder um die anderen Gäste kümmern. Würde mich freuen, wenn wir uns nachher nochmal sehen. Ansonsten muss dich Fred bald mal wieder mitbringen!“ Mit einer leichten Umarmung verabschiedete sich Giulia und ließ einen verzauberten Fabio zurück.

- 26 -

Vier Herzen im Sein

Linda las die Worte von Marcello. Ohne dass dieser von der Liaison von Giulia und Fabio wissen konnte, hatte er diese Dinge geschrieben. Sollte tatsächlich alles gut werden? Gerade schien ihr Leben noch ein einziger Scherbenhaufen zu sein. Und was war das jetzt? War das eine nächste Aufgabe des Schicksals oder konnte es auch im wahren Leben ein Happy End geben?

Ganz sicher – Marcello war ihre große Liebe. Nie wird sie den ersten Kuss vergessen, der sie in eine Welt voller Trance und Ekstase geführt hatte. Sie hatte schon viel Sex vor ihm gehabt, aber gepaart mit der stetig wachsenden Liebe zu ihm, avancierte der Akt der Lust zu einem Feuerwerk, welches ein jedes Mal an Gewaltigkeit zunahm. Sicher würde diese Spirale hinauf zu immer höheren Gelüsten irgendwann versiegen, doch Marcello war noch so viel mehr. Sie liebte seinen Feingeist, sein Lächeln, seine fast kindlich anmutende Leichtigkeit und würde sich in seinen bubenhaften Blick auch noch in zwanzig Jahren verlieben. Nein, ganz sicher. Ihre Gefühle bauten nicht auf sexuellen Gelüsten auf.

Und für Giulia hatte das Schicksal auch einen Mann parat, der ihr Herz erreichte. Alles geschah zur rechten Zeit und so geriet die Freundschaft zu ihr nicht in Gefahr. Linda war bereit gewesen, ihre Liebe aufzugeben. Aus Liebe zu Marcello und aus Liebe zu Giulia.

Nun musste Marcello sich dennoch irgendwann einmal gegenüber Giulia erklären. Denn auf ewig mit dem Geheimnis umgehen, das konnte sie nicht. Da wollte sie ihrer Freundin nicht antun. Es würde wie eine Last über allem schweben. Sicher konnte man das aus der Welt räumen und Giulia würde sicher auch das Dilemma verstehen, in dem Marcello steckte. Es war ja schlussendlich nichts passiert. Der arme Kerl steckte in einem Schlamassel, in den er sich selbst geführt hatte. Aus Angst vor Abweisung.

Wer sollte ihm so recht böse sein? Nein, Linda war sich sicher, dass sie es Giulia irgendwann erzählen würde – der passende Augenblick würde kommen.

- 27 -

Freundinnen fürs Leben

„Giulia. Ich habe mich in Marcello, also eigentlich in Fabrizio, verliebt." begann Linda. „Wie jetzt? Du musst dich schon entscheiden!" witzelte Giulia.

„Nein, warte – anders." Linda spürte ihre aufkeimende Unsicherheit. „Ich erkläre dir alles. Du wirst es gleich verstehen. Also es betrifft beide, sozusagen. Das alles passierte nicht erst heute!"

„Aber was hat das mit Fabrizio zu tun? Kennst du ihn?" Giulia wurde im Augenblick nicht so recht schlau aus ihrer Freundin.

„Ich kannte Fabrizio nicht erst durch dich. Genau genommen ... Ach Mensch – verzeih mir bitte diese blöde Geheimnistuerei.

Marcello ist ... also, Fabrizio. Ja, Marcello ist dein ominöser Fabrizio. Verstehst du? Ich wusste von dir, dass du einen Fabrizio liebst. Ich selber habe mich unterdessen in Marcello verliebt. Ehe ich das Geheimnis von Marcello erfahren hatte, war es schon um mich geschehen und ich mittendrin im Gefühlsdilemma.

Weißt du – ich war bereit ihn loszulassen. Dieses Gitarrending zu deinem Geburtstag – das war ich. Aus

Liebe zu euch wollte ich die meinige Liebe ziehen lassen."

Etwas betreten schaute Linda zu Boden. „Zum Glück hat sich nun alles gefügt. Ich bin so froh. Bitte verzeih mein kurzzeitig doppeltes Spiel. Es war für dich, für unsere Freundschaft. Giulia, ich würde alles für dich tun!"

Giulia schaute Linda fest in die Augen. Dann wand sie ihren Blick ab und richtete ihn ebenfalls auf den Boden zu ihren Füßen.

„Und wie lange hältst du mich schon zum Narren?" fragte sie enttäuscht. „Und ich dachte, wir sind Freundinnen." Stille Tränen rannen hinab. Doch anstatt weiter auf Linda einzureden, erhellte sich der Blick von Giulia auf. Sie lachte und weinte zugleich. „Blöde Kuh!" und schon nahm sie Linda in den Arm. Linda weinte hemmungslos und schluchzte in den Armen ihrer Freundin. Sie zitterte am ganzen Körper. Die Last, die sie in den letzten Tagen mit sich herum trug, entlud sich und gab den zierlichen Körper frei. „Bitte, bitte verzeih mir." sagte sie immer wieder, wenn die Weinkrämpfe ihr die Luft dazu gaben.

„Linda, komm erzähl mir alles. Ich werde bestimmt eine Weile mit dir schmollen. Wenn ich das erstmal verarbeitet habe, werde ich noch ein Stück daran knabbern. Mein Bauch sagt mir, dass du deine Gründe gehabt haben wirst. Wie auch immer ..." Kurz trübte sich der Blick von Giulia ein. Sie sprach etwas ernster weiter.

„Versuch es mir bitte zu erklären. Das war jetzt ein bisschen viel Information auf einmal. In meinem Alter komme ich da nicht mehr so leicht mit!" Giulia versuchte etwas Leichtigkeit in den Moment zu bringen und sich selbst die Zuversicht zu bewahren.

„Du wirst immer meine beste Freundin bleiben. Mach dir darüber mal keine Sorgen. Vielleicht können wir noch ein bisschen was aus dieser Situation lernen. Das Glück mit Fabio lässt mich gerade echt stark sein. Ich bin überrascht, wie wenig ich getroffen scheine. Ich möchte dir gern etwas von meiner Stärke abgeben. Wir zwei werden das schaffen, das weiß ich!"

Selbst ein wenig von sich überrascht, hatte sich Giulia sehr schnell gefasst. Sie sah, wie sehr Linda litt und war sich sicher, dass sie nicht in böser Absicht gehandelt hatte. Sie empfand sogar Mitleid und wollte einfach nur wissen, was genau geschehen war.

So redeten beide bis tief in die Nacht über ihre zwei Männer, ihre Freundschaft, die Liebe und das Leben …

- 28 -

Den – oder keinen

Das kleine Haus in Bardolino war perfekt für zwei frisch Verliebte. Auf dem Anwesen der Eltern von Fabio befand sich eine kleine Finca, die für Gäste der Familie bereit stand. Früher dienten die steinernen Gemäuer als Stallung für das Vieh. Aber mit zunehmendem Alter hatten die Eltern die Anzahl der Tiere auf ihrem Hof verringert und einige Umbauten vornehmen lassen. So beherbergten sie ab und an Urlauber und gaben somit ein Stück ihrer Idylle an die gestressten Städter weiter.

Als Fabio vor einigen Tagen seinen Besuch ankündigte, herrschte helle Aufregung. Als letztgeborener Zögling, war Fabio der einzige Sprössling, der bisher noch nicht liiert war. Seine überraschende Ankündigung, die neue Frau an seiner Seite vorstellen zu wollen, verbreitete Frohsinn und natürlich jede Menge Neugierde.

Dementsprechend festlich fiel der Empfang aus.
Papa Filippo, bekam von seiner lieben Frau zur Feier

des Tages ein Hemd verpasst und wirkte noch etwas steif in seinem ungewohnten Outfit. Das Alter hatte ihn etwas hager werden lassen. Die braune Haut war durchzogen von Falten und seine Hände und Arme zeugten von der jahrelangen harten körperlichen Arbeit. Sein inzwischen ergrautes Haar fiel locker in einen Scheitel und gab Filippo ein attraktives Äußeres. Seine stahlbraunen Augen konnten früher sicher so manches Frauenherz erweichen lassen.

Seine Emma hatte jedoch schnell sein Herz erobert und ihn in jungen Jahren nicht nur viel zu schnell verführt, sondern nie wieder gehen lassen.
Im Laufe der Zeit hatten sie fünf Kinder zur Welt gebracht und diese hatten ihnen bereits sieben Enkel geschenkt.

Die zwei frisch Verliebten wurden beköstigt, begutachtet und ausgefragt.

Als Fabio und Giulia sich am Abend endlich der Familie entziehen konnten, legte sich Fabio rücklings über das große Bett ihres Appartements. Er lauschte ins Badezimmer und starrte in die Zimmerdecke.

Nachdem das Geräusch der Dusche abgeklungen war

und Ruhe im Bad einkehrte, sprach er mit ironischem Unterton:

„Na?“ begann er. „Noch kannst du fliehen!“ Er lachte dabei an die Decke und wusste, dass Giulia dieses Angebot nicht annehmen würde.

Sie kämmte sich gerade das Haar und erwiderte, mit einem Blick auf ihr Spiegelbild: „Das könnte dir so passen!“ Augenblicke später stand sie im Türrahmen.

Ihre schwarzen, nassen Haare lagen sanft auf ihren zarten Schultern. Fabio lag wie versteinert da. Gerade war er noch dabei, kesse Sprüche zu klopfen, jetzt klopfte indessen nur noch sein Herz.

Unter ihrem weißen Nachthemd zeichneten sich die Spitzen ihrer Brüste ab. Nun doch etwas verlegen, fuhr sie sich mit der Hand durch das schimmernd glänzende Haar. Das wiederum machte den Anblick noch bezaubernder.

Als Giulia langsam auf das Bett zuging, richtete sich Fabio auf. Wie schön sie war. „Komm her, mein Engel.“ Er zog Giulia an sich und legte seine Arme um ihre Hüften. Seine Hände erfühlten die warme Haut und nahmen ein leichtes Zittern war. Sein Kopf ruhte auf ihrem Bauch. Er hörte den schellen Herzschlag und blickte zu ihr hinauf. „Ich liebe dich, Giulia. Seit unserer ersten Begegnung. Ich lass' dich nicht mehr los!"

Sanft schob er seine Hände unter ihr Nachthemd und umfasste ihren festen, kleinen Po. Er strich über die samtige Haut, während er sie weiter anblickte. „Ich liebe dich auch." flüsterte sie ihm erregt entgegen.

Fabio stand auf. Als er augenblicklich ihre Hand an seiner Hose spürte, war es mit der Zurückhaltung vorbei. Ungeschickt versuchten beide ihm die Hose abzustreifen. Unter dem weißen Slip zeichnete sich seine Erregung ab. Zärtlich beseitigte Giulia auch den letzten störenden Stoff.

Sie drückte ihn sanft zurück aufs Bett. Fabio ließ es geschehen. Er blickte ihr entgegen und knöpfte sein Hemd auf. Dafür blieb jetzt keine Zeit. Giulia stieg über ihn, um ihn in diesem bedeutsamen Moment fest anzuschauen. „Ich bin bereit für dich! Ich liebe dich!" Dann schloss sie die Augen und nahm Fabio in sich auf. Eine Mischung aus Spannung, Aufregung, und unbändigem Glücksgefühl kredenzten den Cocktail ihres ersten sexuellen Aufeinandertreffens.

Fabio hatte sie vorsichtig ein Stück näher auf seinen Schoß gezogen. Die Intensität steigerte sich damit ins Unermessliche. Sie hielt kurz inne, presste die Lippen aufeinander und spürte bewusst in sich hinein. Beide verharrten für Sekunden, um diesem Moment ihr ganzes Bewusstsein zu schenken.

Instinktive Bewegungen steigerten die Lust und sie verschmolzen nun leidenschaftlich ineinander. Die Bewegungen wurden fordernder. Fabio verbarg sein Gesicht zwischen ihren zarten Brüsten. Er konnte sein Glück kaum fassen. Als er aufblickte sah er ihre Tränen. Warum Giulia weinen musste, das wusste sie selbst nicht.

„Alles ok!" sagte sie, noch bevor er fragen konnte. Ihr Lächeln verdeutlichte, dass es genau so war. „Mach bitte weiter, hör' nicht auf!" bat sie ihn.

Fabios Körper bäumte sich auf. Er war viel zu schnell zum Höhepunkt gekommen und keuchte. Sein schweißnasser Oberkörper und der Hals waren rot angelaufen. Er zog sie fest an sich und bewegte die Hüfte weiter. Mit kreisenden Bewegungen setzte er das Liebesspiel fort, nicht bereit, den Moment aufzugeben. So blieben sie weiter in dieser Zwischenwelt der Ekstase.

„Ich liebe dich!“ sagte sie ein weiteres Mal. Immer und immer wieder wiederholte sie diese Worte um sie in diesen Augenblick zu verewigen.

Die Erregung von Fabio wollte nicht abklingen. Und so wurden beider Bewegungen wieder stärker. Giulia schüttelte den Kopf und warf sich zur Seite.

Sie wollte sich ihm hingeben und ihn ansehen, während er wieder in sie eindrang. Mit einem Lächeln deutete sie ihm an, dass er sich nehmen könne, was er begehre. Fabio kniete vor ihr. Er hob Giulias Oberkörper ein wenig an, damit er ihre Brüste mit den Lippen liebkosten konnte, während er in ihr war. Als nun in einer weiteren Welle der Erregung seine Stöße etwas energischer wurden, entwich Giulia ein kleiner Schrei. Sie legte erschrocken beide Hände auf den Mund und kicherte: „Wehe, du hörst auf!“ drohte sie ihm. Sie umfasste seinen Po und spürte, wie er ein weiteres Mal in ihr kam. „Danke!“, entwich es ihr.

Sie vernahm das Pulsieren in ihrem Körper und schloss voller Genuss die Augen …

- 29 -

Hände, die sich halten

Linda hörte ihrer aufgeregten Freundin zu. Giulia schwärmte von ihrem Sex mit Fabio. Inzwischen hatten sie es schon neun Mal getan.

Es war herrlich anzusehen. Giulia zählte doch tatsächlich mit. Das Glück war greifbar.
Endlich durfte auch Linda glücklich sein. Das ließ sie alles noch viel mehr genießen. Marcello und sie, das war wohl vorherbestimmt.

Warum das Leben manchmal solche Umwege einplant, das bleibt wohl für immer ein Rätsel. Wenn dann das Ende aber so aussieht, dann wollte sie sich fortan noch mehr in Geduld üben. Einfach dem Leben vertrauen. Es war wohl bemerkt ein Trugschluss, dass man irgendetwas gegen den vorbestimmten Lebensweg tun konnte. Augen auf, staunen, genießen, bewusst atmen, lieben – einfach leben. Wann immer es einem möglich ist. Die Achtsamkeit des Augenblicks – wie oft hatte sie das gehört, gelesen und letztlich doch unbedarft als eine dieser spirituellen Modeerscheinungen abgetan.

Als Linda ihren kleinen Bolonka-Mischling schnappte um den Morgen mit einem Spaziergang zu begrüßen, wusste sie nicht, was auf sie wartete. Sie sog glücklich die Luft in ihre Lungen und genoss die frische Brise des Morgens. Bommel lief vergnügt neben ihr her und schien den Start in den Tag ebenso gut gelaunt in Angriff zu nehmen.

Noch gestern Abend war es Linda komisch zumute und sie hatte das Gefühl, dass etwas mit ihr nicht stimmte. Sicher waren die letzten Wochen ein wenig zu viel Achterbahnfahrt und ihr zarter Körper zollte dem Tribut.

Dennoch überstrahlte das Glück alles. So einen kleinen Infekt nahm sie daher gern in Kauf. Heute ging es ihr aber wieder beachtlich besser und sie konnte beschwingt den Tag angehen.

Bommel hob den Kopf und schien nervös. „Was ist los, kleiner Mann?“ Linda war amüsiert von den vermeintlichen Jagdhundqualitäten ihres kleinen Vierbeiners. Bommel aber blieb fokussiert. In der Ferne kam Ihnen ein Reiter entgegen. Kein Wunder, dass Bommel so aufgeregt war. Gern bellte er Pferden hinterher und war sich ganz sicher, dass sie wegen seiner Größe und seinem fürchterlich großen Zähnen das Weite suchten. „Lass bloß das Pferd in Ruhe, du kleiner Aufschneider!“ sagte sie mehr zu sich als zu ihrem treuen Begleiter.

Augenblicklich schoss Linda die Hitze in Hals und Wangen. Sie stand wie versteinert da. Der Reiter war ihr wohl vertraut. Marcello kam ihr entgegen geritten und seine Kleidung, seine inszenierte Anmut ließ sie erahnen, was er im Schilde führte. Ihr drohten die Beine zu versagen. Ihr Traumprinz lächelte und hatte einen Ring zwischen den Zähnen. Als er das Pferd vor ihr zum Stehen brachte, weinte Linda leidenschaftlich und ging auf die Knie. Selbst Bommel ruhig und sah sich diese Szene mit Wohlwollen an.

Marcello stieg ungeschickt vom Pferd und lief zu ihr. Er ging ebenfalls auf die Knie und nahm seine völlig aufgelöste Linda in die Arme. „Linda, keinen Tag möchte ich mehr ohne dich sein. Du hast mir gezeigt, was wirklich wichtig im Leben ist, was Liebe bedeutet und ich weiß, dass ich nur dich an meiner Seite will. Dich oder keine. Ich kann mir ein Leben ohne dich nicht mehr vorstellen. Linda, willst du meine Frau werden?“ Weinend und lachend zugleich küsste Linda ihren Marcello.

„Ja!“ und dann nochmal: „Ja, ich will! Ich will, ich will, ich will!!“ Mit einem Ausdruck der Erleichterung steckte Marcello ihr den Verlobungsring an den Finger. Er passte. „Woher du meine Ringgröße weißt!? gab sie schmunzelnd zu Bedenken. „Du überraschst mich immer wieder!“ Sie küsste ihn abermals.

„Aber jetzt reicht es erstmal. Ich weiß gar nicht mehr wohin mit meinen Gefühlen und brauche bald ein paar Herztropfen. Das hält ja keiner aus!“ Jetzt lachten beide unbeschwert und auch Bommel brachte endlich ein zaghaftes Bellen hervor. Ganz geheuer war ihm das Ganze hier nicht, doch Frauchen schien glücklich. Und so war er es auch.

- 30 -

Das ist Fabio

Schon aus der Ferne war Rosi auf der Veranda zu sehen. Natürlich in einer ihrer Schürzchen. Giulia musste bei diesem vertrauten Anblick schmunzeln. Wie sehr sie ihre Familie liebte. Sie war dankbar für die Wärme und Herzlichkeit und vor allem die Beständigkeit. Ihre Eltern waren ihr Vorbild. Auch wenn Papa nicht der leibliche Vater war, so war er von Anbeginn für sie die Vaterfigur und mehr als ein Ersatz.

Rosi sah ihre Tochter mit Fabio. Mit einem freudigen Lachen im Gesicht winkte sie den beiden zu. Natürlich sah sie, dass Giulia diesen Mann an der Hand hielt. Das musste also dieser Fabrizio sein. Es wurde aber auch endlich Zeit, dass das A4-Blatt leibhaftig wurde.

Giulia begrüßte ihre Mama mit einem Kuss auf die Wange. „Das ist Fabio." sagte sie so unbekümmert wie möglich.

„Hallo Fabio. Ich freue mich. dich endlich kennenzulernen. Ich habe ja schon vieles von dir gehört." stellte sie fest. Das war ein etwas peinlicher Moment, doch Fabio schien das gar nicht so ernst zu nehmen und nahm es als eine freundliche Floskel zur Kenntnis. Noch wusste er nichts von der vorangegangenen Geschichte mit Fabrizio. Im Taumel der Gefühle war das bisherige Leben beider ausgeblendet geblieben.

Giulia würde es ihm natürlich irgendwann erzählen. Aber eilig hatte sie es damit nicht. Was bedeutet schon eine Illusion beim Aufwiegen mit der Wirklichkeit.

„Kommt rein ihr beiden." Rosi betrat als erstes das Haus und hieß die beiden ihr zu folgen. „Cappuccino?" Sie wartete geduldig, bis sich Giulia und Fabio dafür entschieden hatten, das Angebot anzunehmen.

„Ja, gerne!" sprachen sie zeitgleich aus. Das anschließende Lachen nahm dem Moment den Hauch der Schwere.

Fabio beobachtete die leichtfüßigen Bewegungen von Rosi. Die beiden Frauen hatten eine augenscheinliche Ähnlichkeit. Die Aussichten auf das Älterwerden mit Giulia sahen beim Anblick der hübschen Mutter buchstäblich rosig aus. „Ihr könntet Geschwister sein!" entfuhr es Fabio im Überschwang. Rosi lächelte nur und Giulia rief gespielt empört „Da muss ich wohl in Zukunft aufpassen!?" Sie gab ihrem Fabio einen Kuss und wollte nun endlich die Mutter vollends aufklären.

„So, fertig!" Die Mutter unterbrach ihren Gedankengang.

Dankbar nahm Giulia nicht nur den Cappuccino entgegen, sondern auch die Gelegenheit, das Gespräch mit der Mutter zu vertagen. Es war sicher besser, dass nicht vor Fabio zu tun. Sie würde beide separat über die Geschehnisse der letzten Tage und Wochen unterrichten. Sie hatte keine Lust, das erste Aufeinandertreffen beider mit solch einer komplizierten Geschichte zu belasten.

So beließ sie es dabei.

„Danke!" Sie sah Fabio an und provozierte gespielt: „Ich bin schon auf deinen Vater gespannt!" Nun mussten sie alle drei herzhaft lachen und damit war auch das letzte Eis gebrochen.

- 31 -

Doppeltes Glück

Zwei Wochen später.

'Linda. Lass uns heute Nachmittag treffen, wenn du Zeit hast. Ich habe Lust auf ein Eis mit dir und würde dir gern etwas zeigen.'

Giulia hatte eine kurze SMS geschrieben. Die Neugierde war bei Linda entfacht und bei einem Treffen konnte sie ihn stolz präsentieren. Ihren Ring. So willigte sie schnell einem Treffen ein. Giulia kam heute aus Bardolino zurück. Sie war ein paar Tage mit Fabio zu dessen Familie gefahren. Die zwei hatten es scheinbar sehr eilig, sich gegenseitig ihren Familien vorzustellen. Die Geschwindigkeit des Kennenlernens schien Linda doch ein wenig sehr schnell. Aber was konnte man schon gegen die Liebe tun. Selbiges hatte sie selbst am eigenen Leib erfahren dürfen.

Giulia hupte nun schon zum dritten Mal. Endlich erschien Linda auf dem Balkon. Mit einem überschwänglichen Staunen nahm sie anerkennend wahr, dass Giulia den Wagen von Fabio bekommen hatte und die zwei Frauen somit oben ohne zum Eisessen starten würden. Mit zwei Fingern unterstrich sie ihr Rufen: „Zwei Minuten!" und schon war Linda wieder aus dem Sichtfeld verschwunden.

Giulia betrachtete den Verlobungsring. Sicher würde er Linda sofort auffallen. Sie überlegte, ob sie ihn vorerst verstecken sollte. Aber noch bevor sie weitere Pläne schmieden konnte, stand Linda schon am Fahrzeug und schaute über das offene Verdeck in den Wagen. „Hallo Liebes. Nimmst du mich ein Stück mit?!" alberte sie herum. Schon saß sie auf dem Beifahrersitz. Linda hob lässig die Hand und wackelte mit den Fingern. Am Ringfinger steckte ein zarter silberner Ring.

„Ahhhhh..." Giulia tobte die Freude heraus. „Was ist denn hier los!? Da ist man einmal weg! Unfassbar. Zeig her den Klunker!" sie bestaunte den Ring. Noch bevor sie selbst etwas sagen konnte, stellte Linda fest. „Und der hier? Ist der neu? Schick!" und bestaunte den goldenen Ring an Giulias Finger.

„Ähm, naja...!" stammelte Giulia. „Was denn, du auch?" Linda hatte am schnellsten geschalten und schlug die Hände vor die Augen. „Jetzt sag bloß, ihr habt euch auch verlobt?"

Giulia erwiderte darauf: „Was denn, ihr auch?" Die

zwei Freundinnen lagen sich in den Armen. „Wie verrückt ist das denn, bitte!? Und du sagst nichts? Kann mich jemand mal kneifen oder mir eine runter hauen, weil so viel kitschigen Kram würde ich im Fernsehen sofort ausschalten!“

Sie kicherten und bestaunten gegenseitig ihre Ringe. „Darf ich mal?“ Linda streifte sich den Ring von Giulia über ihren Finger. „Also, ja, den würde ich auch nehmen!“ lachte sie. „Nichts da“, rief Giulia empört. „Du hast deinen Eigenen.“

Sie lachte und startete den Motor. Es gab viel zu erzählen. Der Motor schnurrte zufrieden und der Fahrtwind ließ die Mähnen der zwei Frauen tanzen. Albern jubelten sie, wie zwei überschwängliche Teenager, ihre Freude in den strahlend blauen Himmel.

- 32 -

Bilder, die die Welt bedeuten

Marcello betrachtete die Nachrichten von Giulia, sah noch einmal die Bilder. Was war das nur für eine aufregende Zeit gewesen. Und was für eine dramatische Wendung.

Inzwischen war er mit Linda verlobt und blickte nun auf die liebestrunkenen Zeilen von Giulia. Wie kindlich naiv sie waren. Es war schön. Wieder einmal hatte alles seinen Sinn im Leben.

Marcello hatte die Liebe wiedergefunden, hatte sein Herz geöffnet und war vollends in der Lage, einer Frau zu vertrauen.

Schön, dass Giulia die Illusion geblieben ist. Das macht alles für die Ewigkeit so besonders. Wie oft folgen Ernüchterung und Enttäuschung auf einen Berg voller Erwartungen. Sie beide haben gegenseitig ihre Sehnsüchte geweckt, sind somit aus ihrem Schneckenhaus gekommen und waren bereit sich nicht nur körperlich, sondern auch emotional zu öffnen.

Zwischen dem Betätigen der Löschtaste und dem Verschieben in den Archivordner lag – während er seinen Gedanken nachging – ein minutenlang andauernder Abwägungsprozess.

Schlussendlich nahm er sich vor, die Nachrichten und Bilder vorerst aufzubewahren. Irgendwann würde er sie vielleicht Linda zeigen. Ein weiterer Akt des Vertrauens. Sie hatte so sehr gelitten, war bereit sich aufzuopfern und sollte mit ihm gemeinsam das Geschehene aufbereiten können. Wann immer die Zeit dafür war. Vielleicht war sie das nie. Doch warum sollte er einen Teil seines Lebens auslöschen? Schlussendlich war es der Part des Lebens, der für ihn – nein, für alle – wegweisend war.

So konnten sie dankbar sein. Dankbar für die Zeit. Dankbar für die Weggabelung und dafür, dass sie noch rechtzeitig den scheinbar richtigen Weg gewählt hatten.

Die Liebe hatte sich über Umwege angeschlichen. Getarnt als scheinbare Oberflächlichkeit hatte sie sich in die Herzen gebrannt.

Musik zum Buch

Text:
René B. Werner in Co-Produktion mit Joyello Sabatelli

Komponiert:
Joyello Sabatelli

Produziert:
Ettore Olla

Verlag/Öffentlichkeit:
Hillekamp Verlag
Toka-Beats (TOKA) | Torsten Katzschner

1. Bellissima Italia
2. Danke
3. Sommerliebe
4. Suche verbindet
5. Zwei Herzen

Die Musik zum Buch ist digital auf allen gängigen Plattformen (Spotify, Deezer, iTunes, Tidal usw.) verfügbar.

Das Buch gibt es zudem als Spezial-Edition mit CD-Beilage bei Lesungen, Liveauftritten, in ausgewählten Buchhandlungen und online unter **shop.telescope-verlag.de**

Eine Übersicht zu allem, findet ihr unter:
www.telescope-verlag.de/giulia
Oder ihr scannt einfach nachfolgenden QR-Code.

SCAN MICH

Warum Musik?

Da nichts die Gefühle so sehr und nachhaltig berührt wie Musik, hat René B. Werner gemeinsam mit Joyello Sabatelli Lieder zum Buch erschaffen.
Mit Hilfe derer werden die Emotionen aus den Wortschöpfungen in die Klangwelten transportiert.

Während René B. Werner die Texte lieferte, komponierte Joyello Sabatelli aus den Wortmustern die notwendigen Klänge und lieferte als gebürtiger Italiener zudem das italienische Vokabular.

Beide werden unter der Marke **Lokka.Bocca – loses Mundwerk** zukünftige Lesungen in ein musikalisches Bühnenstück verwandeln.
Fertig war die Mischung aus Inszenierung, Satire, Liebe, Tiefgang, klassischer Lesung, Theater und Chanson ...

So finden sich in diesem Buch nicht nur die Lyrics zu den fünf eigens zum Buch produzierten Musiktiteln sondern auch diverse Downloadmöglichkeiten, damit die Sonne Italiens zum Greifen nah wird.

Lyrics

„bellissima italia“

klein einzig Fleck so liebenswert
der schönste gar auf dieser Erd′
Blumen duften, Blüten blühen,
Herzen hier in Flammen stehen.

Auge labt sich an deinem Kleid,
hier hab ich stets die schönste Zeit,
schließ ich Augen, bist du bei mir
Sonne Italiens nel cuore mir

lache, tanze, streite, weine
Versöhnung dann im Kerzenscheine
dein Wein tränkt sich in Abendlicht
ein schön′ren Ort, den gibt es nicht.

Refrain

Bardo, Bardo, Bardolino
du bist mein o sole mio
Bin sowas von extrem Amore,
Leidenschaft aus jeder Pore

Bardo Bardo Bardolino
ti lascio ma mi sei vicino
einzigartig wunderbar,
Italia sei bellissima

du bist für mich so seducente
bissig, scharf und schön al dente
mein Liebeslied hier nur für dich
Bardolino – ja, ich liebe dich

lache, tanze, streite, weine
Versöhnung dann im Kerzenscheine
dein Wein tränkt sich in Abendlicht
ein schön'ren Ort, den gibt es nicht.

Refrain

Bardo, Bardo, Bardolino
du bist mein o sole mio
Bin sowas von extrem Amore,
Leidenschaft aus jeder Pore

Bardo Bardo Bardolino
ti lascio ma mi sei vicino
einzigartig wunderbar,
Italia sei bellissima

Bridge

ich bin wieder da
vertraut, verträumt, so wunderbar
ich bin wieder hier, bei dir

Danke

Italienisch
Tu ... Mi fai girare il cuore
Tu ... mi guardi con amore
Tu ... mi piace quando mi guardi
Con te ... la sera non é mai tardi

deutsch
Du ... mit dir kann ich alles leben
Du ... bringst meine Welt zum schweben
Du ... entführst mich in meinen Träumen,
Con te ... mit dir will ich nichts versäumen

Refrain

Danke, dass du bei mir bist,
danke, dass du so gut küsst.
Grazie sai sorridere,
Grazie che sei qui con me,
Grazie della verità,
della tua necessità,
danke, dass du nichts versprichst
Danke, einfach nur für dich,

Grazie

deutsch

Du … Sag mir das ich dir fehle
Du … sprichst mir aus meiner Seele
Du … bist für mich Vollkommenheit
Du … wir beide in Ewigkeit

italienisch

Per te, … viaggeró sulla luna
a te … regaleró fortuna
tu … regina della mia mente,
tu … lámore perfettamente

Refrain

Danke, dass du bei mir bist,
danke, dass du so gut küsst.
Grazie sai sorridere,
Grazie che sei qui con me,

Grazie della verità,
della tua necessità,
danke, dass du nichts versprichst
Danke, einfach nur für dich,

Sommerliebe

Danke süße Sommerliebe,
danke für jeden Tag,
dass ich dich besuchen durfte,
Im Herzen ich dich trag,

Dankbar, dass ich fühlen durfte,
was vielen bleibt verwehrt,
dass ich Liebe schmecken konnte
und ich lebe, meine Träume unbeschwert.

Refrain

Unter der Sonne Kalabriens,
ob am Gardasee im Mai,
ob im Süden in Apulien,
... für einen Sommer nur wir zwei!

Ob auf Sizilien und Sardinien,
Irgendwo und irgendwann
überall fühl ich mich frei,,
... für einen wunderbaren Sommer nur wir zwei!

Dankbar' Blick in weite Ferne
bin wieder nah bei dir,
Land der schönsten Sterne,
dein Bild trag ich in mir.

Rieche unsre Sommernächte,
schmeck' Blumen und den Wein,
danke dir für jedes Lächeln,
schließe es fest und sicher, in meiner Seele ein.

Refrain

Unter der Sonne Kalabriens,
ob am Gardasee im Mai,
ob im Süden in Apulien,
...für einen Sommer nur wir zwei!

Ob auf Sizilien und Sardinien,
Irgendwo und irgendwann
überall fühl ich mich frei,,
...für einen wunderbaren Sommer nur wir zwei!

Bridge

Kannst du die Liebe unsres Sommers spür'n
hörst du uns're Melodie
kann ich noch einmal kurz dein Herz berühr'n
... Sommerliebe ... ich vergess' dich nie!!

Suche verbindet

getränkt in Verlangen
Sehnsüchte in mir
ich suche so lange
ich suche nach dir

halt mich an Wünschen
bin nicht mehr allein
ich suche so lange
würd gerne bei dir sein

Refrain

(1)
Suche die verbindet,
Suche fasziniert,
Suche die verzaubert,
bleibt im Herzen tätowiert,

Suche hält den Zauber
und gilt nur einem Ziel
was würde ich NUR machen
WÄHREST DU JETZT HIER bei mir...

(2)
So schön melancholisch
so schön alkoholisiert
wir sind schon am Träumen
Sind fasziniert

So schön come l'amore
so schön hypnotisiert
denn Suche sie verbindet
er ist viel, es ist schon passiert

ich schließe die Augen
dann bist du so nah
ich suche so lange
wär so gern schon da

in Wirren verfangen
verfalle ich dir
ich suche so lange
den Schlüssel, die Tür.

Refrain

(1)
Suche die verbindet,
Suche fasziniert,
Suche die verzaubert,
und bleibt im Herzen tätowiert,

Suche hält den Zauber
denn sie gilt nur einem Ziel
was würde ich NUR machen
WÄHREST DU JETZT HIER bei mir...

(2)
So schön melancholisch
so schön alkoholisiert
wir sind schon am Träumen
sind fasziniert

So schön come l'amore
so schön hypnotisiert
denn Suche verbindet
es ist viel, es ist schon passiert

Zwei Herzen

gesucht und gefunden
wir für immer vereint
gebucht nur für Stunden
für die Zeit, die uns bleibt

und wir ziehen in die Liebesstadt,
so Hand in Hand zu zweit,
unser Leben ist ein Riesenrad,
wir sind beide jetzt bereit,

Unsere Werkstatt der Gefühle, die von alleine produziert …
Unsere Heimat unserer Liebe – die uns ständig fasziniert …

wie du lachst, und wie du weinst,
wie du strahlst wie du scheinst,
wie du gehst , und mich verstehst,
und vor allem wie du immer zu mir stehst

Refrain

Wenn sich zwei Herzen im Kreise dreh'n
fliegen Blumen im Wind.
Male ich alle Schatten aus
solang' bis ich dich find.

Wenn zwei Herzen sich im Kreise dreh'n
spüre ich die Magie.
Nie geglaubt, muss jetzt verstehen,
denn ich fühle, ich fühle wie noch nie.

Bridge

Liebe – sie tanzt,
die Liebe ist nah ...
Liebe – sie tanzt,
einfach und klar ...
Liebe – sie weiß,
was nie gekannt ...
Liebe – sie weiß
was ich heut' fand' ...

Wenn sich zwei Herzen erstmals berühr´n
kann seh´n was unbekannt
schließe Augen, dich im Herzen ein,
vergess´, was nie gekannt

Wenn sich zwei Herzen im Kreise dreh´n
Achtsam für den Moment
keiner weiß wo wir morgen steh´n
Herzschlag tobt, Herz das brennt

Joyello, der aus Italien stammende Singer und Songwriter, ist seit Jahren auf den Bühnen dieser Welt zu Hause. Seine Stimme, sein Entertainment und seine Performance sorgen immer wieder für unvergessene und emotionale Momente.

Joyello steht mit seinen Projekten nicht nur als Sänger auf der Bühne, auch seine kraftvolle Stimme ist in Fernsehshows, Werbung und verschiedenen Jingles zu hören. Sein Talent lässt ihn auch als Performer tätig sein. Parallel dazu entdeckte er seine Liebe zum Schauspiel und ist als Schauspieler auf den Bühnen zu sehen. Es ist einzigartig, wie Joyello durch sein facettenreiches Charisma sein Publikum fesselt.

Bedeutend für ihn und seine Fans sind die exklusiven Auftritte, wo er immer seine Vielseitigkeit, sein Temperament und seine Liebe zur Bühne unter Beweis stellen kann.

www.joyello.de

René B. Werner

1978 in Strausberg bei Berlin geboren, verschlug es Werner zeitig ins Bundesland Sachsen. Hier wurde er sesshaft und war jahrelang in der Immobilienbranche tätig. Unter seinem Pseudonym René B. Werner lebte er jedoch mehr und mehr seine musischen Neigungen aus.

Mit der erfolgreichen Veröffentlichung seines Debütromans „Weggeglückt" begann der literarische Weg von René B. Werner. Zahlreiche ausverkaufte Lesungen säumen seine noch kurze Laufbahn als Autor. Mit einem weiteren Werk „Kolumnialstil“ zeigt Werner neben einem unsagbaren Tiefgang auch seine humoristische Seite. Mit Kolumnen zum Thema `Mann´ und den mehr oder weniger würdigen Umgang mit dem Älterwerden beweist er ein waches Auge und seine ausgeprägte Empathie. `Band 1´ verheißt hier, dass dies nur der Anfang war ...

Inzwischen hat René B. Werner circa fünfzig Liedtexte geschrieben, welche von verschiedenen Künstlern komponiert und veröffentlicht/publiziert werden. Im Rahmen musikalischer Lesungen gibt Werner mit Künstlern wie `Joyello Sabatelli´ und `Herrn Schmitt´ seine eigens produzierten musikalischen Werke zum jeweiligen Buch zum Besten. Hieraus entspringt eine eigene Marke „Lokka.Bocca“.

Zwei Podcast-Reihen für jung (Emil und seine Freunde) und alt (Lokka.Bocca) wurden ins Leben gerufen. Hier sprechen Kinder für Kinder (Mazze Wiesner leiht seine sympathische Sprecherstimme), aber auch Joyello Sabatelli selbst (Kolumnen).

Mit dem neuesten Werk „Giulia – wie schreibt man Liebe“ bedient Werner nun endlich wieder seine zu-

meist weiblichen Fans mit einem lang ersehnten Roman zum Sehnsuchtsthema Liebe. Das Thema Liebe ist ihm wie auf den Leib geschneidert und so dürfen die Frauenherzen bei seinem neuesten italienischen Liebesroman träumen und dahinschmelzen.
Wo „Weggeglückt“ sehr viel Lebenslehren vermittelt und den Zeigefinger hebt, darf man gemeinsam mit ‘Giulia’ lieben, träumen und die schönen Seiten des Lebens genießen.

Es wird noch viel zu hören und vor allem zu lesen sein. René B. Werner – ein Name, den man sich merken sollte. Mit ‘Sophie – die Mitte zwischen zwei Liebenden’ steht schon die nächste Episode in den Startlöchern ...

René B. Werner

Internet | rbwerner.de
Instagram | @ renebwerner